一粒の涙

Hayano Koji

早野貢司

澪標

『一粒の涙』●目次

装幀　森本良成

まえがき

1985年11月7日、群馬の出張先に電話がかかってきた。何事かと電話を取ると「文芸春秋の者ですが、お兄さんがまだ授賞式会場に来られていないのですが……。」

その日は、兄の第61回「文學界」新人賞の授賞式だった。「朝鮮人街道」を書き上げ、やっと掴んだ「小説家早野貢司」としてのスタートに立つ華々しい日だった。滋賀の実家に電話しても、「昨日東京に行ったよ」。義姉も慌てて、東京に向かったとのこと。何が何だかわからないうち、東京の病院に担ぎこまれていたとの連絡が入った。夜中に駆けつけてみると、生死を彷徨う兄の姿。必死に寄り添う義姉。

37歳の若さでの脳梗塞。何とか持ちこたえたものの、大きな後遺症が残った。医師から説明を受けた後、ボロボロと涙が出た。映画やドラマじゃないんだ、こんなことがあっていいのか！　と怒りがこみ上げてきた。義姉が不安と混乱の中、必死に医師の話を聞いていた。気丈な姿が印象的だった。

それから兄夫婦のリハビリの戦いが始まった。右手右足が動かない。言葉が出ない。失語症は小説家として致命的。生きていく上で、自分の言いたいことが言葉にならない苦しみは、相当なものだろう。当時6歳の長男、3歳の長女とも会話ができないのだ。

数年経ったある日のことだった。私は知人から、風媒社の稲垣社長を紹介していただいた。リハビリの過程を書き物にできたなら、本にして出版しようということになった。それを一段の励みに、言葉を取り戻す夫婦の新しい格闘が始まった。

そして、1991年6月に「失語症と闘う新人賞作家の手記――言葉が消えた」が出版された。「あー、うー」としか言えなかった兄に、困難な課題を与えたが、その時点では正直本当に書けるとは思っていなかった。

長い辛い言葉を取り戻す戦い。「なんでこんなことになったのだろう……」という思いが常に頭をめぐる。頭の中は正常に働いているのに、それが言葉にならない。下の娘と一緒にひらがなの勉強。義姉の支え。出版した本を読んでもらうとわかってもらえると思うが、兄の苦悩は勿論、本に書かれていない義姉の苦労はまだまだ相当なものだったと思う。

高校の教師で生計を支えながらの育児、兄の世話。こんなすごいことを泣き言を言わず、ずーっとやり続けた義姉に、只々、頭が下がる。

「言葉が消えた」の出版後、兄はそれで力をえたのか自叙伝や私小説を書いて、私のところに持ってくるようになった。身内の私には背景が分かるので、それなりに面白い作品だった。でも、言葉足らず、表現が未熟でとても人に読んでもらうまでには至らず、そうしているうちに、もう持ってこなくなった。

二人の子供も結婚して独立、孫もできた。義姉も定年退職。伊豆に建てた家で、ある意味で、平穏で平和な日々が続くようになった。

そこに今回兄にまたしてもつらい出来事が襲った。義姉の癌発病。そして早い死。兄は、未だに右手右足が自由に動ない。「えーっと、えーっと」と言葉を探しながら話さなければいけない。兄にとって、自分より先に杖とも頼む妻が逝ってしまうなんて想像もつかないことにちがいなかった。

でもそれが現実になってしまった。

義姉が入院中、一人で生活できない兄を実家にもどし、独居の母と小牧市の家族と行ったり来たりかけもちの私との三人の生活が数か月続いた。この間、兄は必至で日記を書いていた。

義姉が亡くなった後、半年が過ぎ、私のところに原稿を持ってきた。やはり、言葉が足らない。でも、今回の原稿は、姉への熱い思いが、足らない言葉の後ろからしみじみと伝わってきた。

兄が、これを出版したいと言ってきた。

これが今回出版することになった経緯です。本当に言葉足らず、何を言っているのか疑問符はたくさん付くと思います。でも兄が言葉を紡いで書いたものです。頑張って読んでいただけると幸いです。

早野文男

一粒の涙

1 死亡の報告

「死亡報告」のハガキの文章は僕が書いた。

『拝啓
青葉の候、本日は悲しいお知らせがございます。

妻の正子が、4月21日癌のために永眠いたしました。後11日経てば68歳だったのです。

病院での検査は17日間、入院は25日間でした。

笑顔の正子、最愛の妻を亡くしました。無念です。

なお、本人の強い希望により、家族のみで葬儀を執り行いました。

親しくしていただいたあなた様に、ご報告が遅れたことをお詫びいたします。どうかお許しください。

敬具

平成28年6月

』

毎朝、僕は元気よく

「オカアサン、おはよう」言うと、

「おはよう」と写真が答えてくれる。

机上の写真立ての中に、妻。一年前に娘が河津町の足湯で撮った写真。濃い色のジャンパーを着た上半身。若い時から眼鏡をかけ、ロングヘアーからショートカットに変えた僕の妻・オカアサン。

いつからか、こう呼んでいた。

「貢司さん」と妻。

「オカアサン」と僕。

「失礼しちゃうわ、オカアサンなんて」

それでも僕は「オカアサン」

僕は、非常に眼はいいが、顔が四角く、それに背は低い方だった。僕にとっては、聡明な妻だった。


僕は37歳の時、文學界の新人賞を受賞した。その受賞式の前日、友人と飲んで、その後文京区のカプセルホテル泊まった。

そして朝、異変に気付いた。

言葉が喋れない。

「出版社に早く行きたい」

僕は右手をあげ、タクシーを捕まえる。車内から運転手が言う。

「どちらまで」

僕はどういう顔をすればいいのか、ただ沈黙する。タクシーはそのまま走り出した。

後2台のタクシーを捕まえたが、同じように走り出した。三台目でタクシーに乗り込み、車内で

「どちらまで」

「……」

「どうも、こいつはおかしい」と思ったのか、

「降りてください」といって、僕はタクシーから降ろされた。

歩道を歩いていると、中年の女性が僕に気づき、近くの交番に入り、警察官を呼んでくれた。僕はなお、沈黙する。救急車が来た。

その時妻は、僕の状況を知るすべもない。滋賀の能登川駅を出発して、新幹線で東京に向かっていた。妻は、喜び勇んでいたに違いない。妻は中学校の数学の教師である。

脳卒中だった。どれだけ入院しただろうか。

僕は失語症と右半身不随が残った。

妻に、「障害者の人生」を背負わせてしまった。
子供は、小学校1年生の長男と、保育園児の長女の二人。最悪だ。
僕は妻に「すまん、本当にすまん」

それでも長いリハビリをとおして、僕は言葉が「ア〜ウ〜」しか喋れない状態から、ここまで喋れるようになったし、書く方もボチボチだ。僕は相手の話しも、7〜8割分かるようになった。ただしカタカナ語、計算は全く駄目。杖を使わない僕の現実。

ある時、それは病気する前か、後か……。我が家の外が見える椅子で、僕は手足の爪を切ってもらった時だ。突然、
「もし私が死んだら、貢司さん」といった。僕は考えもつかず、予想外のことで
「えぇ」と、いった。
まさか。オカアサンがいっていることは、全く考えられない。

「絶対、僕が先に死ぬ」

37歳で病気してから、妻はいつも僕の爪を切り、

「貢司さん、足の水虫、飛んでいけ」と、妻は笑う。あの時も僕は冗談で済ませてしまっていた。

また、こうもいった。

「文男さん、大変ね。能登川の母と貢司さん」文男は僕の弟で、母の住む滋賀の能登川によく帰っている。母が一人でいる家に5日間いて、残り二日間は小牧市の家に車で帰っている。

母は老人会に対して
「年寄ばかりで、つまらん」と。僕と文男が二人で笑った。それに認知症の気配の母。
「病院に行こう」と、二人でいっても聞く耳を持たぬ母。
アパートの机の上に、笑顔の写真立てのオカアサン。僕が病気をしてから、ずっーと

僕を支え続けてくれた。何もかも全部。僕が生きられるのは、オカアサンのおかげだった。

僕は、右手が使えない。右足は不自由で、歩くスピードは普通の人より、三倍以上遅い。また僕は坂道の登りは平気なのに、坂道の下りは恐い。階段にしてもそうだ。僕は上りのエスカレータは簡単で、下りはエレベータを使う。そんな僕は、感謝しか浮かばない、オカアサン。

オカアサンは若い時はペーパードライバーだった。それが病気後は、運転席にはオカアサン。僕は助手席。オカアサンが初めて車を運転する。

僕は声にならない。

「ア〜ウ〜」と、びっくり。道路で対向車にぶつかりそうになった。

オカアサン、今では安心して乗っていられるのに、どうして……、写真立てのオカアサン。

僕たちはよく引っ越しをした。

結婚して、大阪府高槻市のアパート、そこで長男が生まれ、そして市内の中古の一軒家を買った。

ただし、お金はアルバイトの僕ではなく、オカアサンの貯金から。

長男が肺炎にかかり大変な思いをしたので、オカアサンの要望で、僕の実家、滋賀県能登川町に引っ越しをした。

妻は学校も滋賀県に切り替えた。

僕は長男。下に愛知県小牧市と山梨県山中湖村に弟がいて、男ばかりの三人兄弟だった。そして偶然かもしれないが、オカアサンも三人姉妹の長女で、妹の二人は東京都に住んでいる。

僕の両親も健在だった。長女が生まれ、これから小説家として頑張るぞという時に、僕は最悪にも脳卒中という病気に……。

僕が崩れ落ちるのを、我慢して必死にオカアサンが支えてくれた。

長男の高志が小学校卒業、長女の真知が小学校三年生のときだ。オカアサンの実家の東京都文京区に、また引っ越し。

オカアサンは公立の安土中学校から、都内の私立大東学園高校の数学教師になった。

僕の両親は、小牧市の弟が面倒をみてくれることになった。

何も考えられないでいたし、僕は、右手と右足が不自由なまま町中を散歩する毎日。

文京区の妻の実家に1年間、そこに住んだ。

その後、ようやく町田市に家を構えた。

オカアサンは仕事、子供らは学校。

僕は朝と夕方に寝転んでする10分間の体操。二日ごとに、二階をダスキン、一階は片腕で掃除機。

後は散歩した。公園のベンチでつくづく、

「なんでこうなってしまったのだろう」と、僕自身が無思想でいたからなのだと、そう思う。

そして図書館に行く。

「はたして、何を書こうとしているのか」僕の頭の中では二割ほど、わからない。

雨の日は家の中で、テレビと新聞だった。

オカアサンの両親は静岡県伊東市の老人ホームに入った。その近くに、オカアサンと僕は、住宅ローンで家を買った。

今、長男は、妻の実家近くの相模原市に住宅ローンで家を建て、子供は二人いる。二人とも女。

長女は、僕たちが住んでいた町田市の家にいる。子供は、そう、男子二人。

それから、オカアサンの両親は病死した。

オカアサンは学校を定年になっても、週三日、学校へ行った。

朝一番の電車で、伊豆急行の伊豆高原駅から熱海駅へ。そこからＪＲ線で小田原駅、それから小田急線で千歳船橋駅まで行く。

三日間は、長女の町田の家から通う。そうやって、二年間、学校と伊豆の家を通った。

全く、僕には信じられない。

オカアサン、大学を卒業して、教師になり、
ずっーと教師だった。教師のまま亡くなった。
家の費用、生活の費用、金銭的なこと全部が、オカアサン頼りだった。

2 最後の伊豆

僕の文章はまだ変。特に「てにをは」が駄目だ。7年ほど前に、文章の練習のために、
三行書ける小さな日記帳を百円で買った。

2016年．3月10日　木曜日の日記
『昨日、妻が手術⁉　13時から16時ばばの病院。

今日、町田。明日、北里大学病院。心配！

昨夜、高と真知と文男に、状況話す』

妻は「お腹がはる」という。

最近、朝方に妻は汗をかく。僕は呑気に「ふーん」と話す。

いつ頃からか、妻が食事が食べられない。

その頃から、おかしかった妻の体。

昼食、僕は食べたが、妻は食べずに
「一回病院に行こうかなぁ……」

妻は週に一度の伊東のフラダンスのある日だった。僕は伊東市図書館に、自動車で送ってもらう予定だった。

午後から妻の運転する自動車で、病院に出かけた。

伊豆高原駅の周辺の桜はちらほら、坂道を上がるとつぼみはまだ固い。

病院は、妻が右足のふくらはぎの治療でお世話になっている「メディカルはば　伊豆高原」だ。

待合室は患者はいっぱい、妻が呼ばれた。僕は新聞を見たり、テレビを見たり。

妻は診療室を出たり入ったり。おまけにCT室まで。何があったのだろう。

3月11日　金曜日
『癌⁉　北里大学病院の内科室。月曜日から、①から⑦検査してもらう。
真知が高に、文男に電話。ショック‼』

朝、僕も自動車に乗って、「メディカルはば　伊豆高原」に行き、大学病院への紹介状を書いてもらって、また家に戻り、当面の用意をする。伊豆高原駅へ車で行き、僕を降ろして、妻はまたUターンして家に車を置く。そして今度は歩いて伊豆高原駅へ。

普通なら15分で歩いて来れるが、実際はもっとかかったのだろう。

妻は弱々しくいった。

「しんどい」


長女は子供を託児所に入れて働いていた。

「子供が風邪やから」と、なんやかんやといって、僕たち二人は町田の家に呼ばれるようになっていた。

そんな関係で、通院か入院かわからない状況で、長女の家にお世話になった。

これからいく北里大学病院は、高と真知の二人の家から近い。

電車の中で、何を話したのだろう。よく覚えていない。妻の体はやせていたのだろうか。電車の隣の座席にいる妻。

小田急の町田駅で待ち合わせをして、長女の自動車で、北里大学病院へ行く。

病院へ行く道は、自動車で混んでいた。長女は
「託児所に行かなあかんし、病院は近い」ということで、コンビニで車を降りた。

ところが、病院だと思ったのは高校の建物で、実はもう少し先だった。
歩道を妻が歩き、後に半身不自由の僕が歩く。妻は辛かったのだろう。
二つの誤算。一つは、朝、伊豆高原駅まで妻が歩いてきたこと。
二つ目は、昼間の今、歩いていること。
歩道の先にある病院……。僕は、後悔している。
迷子になってしまいそうになほど、巨大な病院だった。
①消化器内科、②中央採血室、③超音波室、④X線撮影室、⑤消化器内科、⑥核医学室、⑦内視鏡センターとわたり歩いた。検査が終わると、部屋には内科の先生と妻。その中に僕は入りたいが、右半身不随の僕なのだ。
病院からの帰りは、孫の託児所からきた長女の自動車に乗った。

3月12日　土曜日
『13時ごろ、高が真知の家に迎えに来てくれる。伊豆へ。また、明日は戻ってくる。月曜日は北里大学病院へ』

小田急厚木高速道路から左の一般道、そのずっーと先に海。
「やはり伊豆はいい」と、僕と妻。海の先には初島や伊豆大島。
「青い海」を見ている妻。その横に僕がいる。

僕は病気してから、日に60本以上の煙草を止めた。ただ酒は、妻との決め事で、毎週土曜日に缶ビール2缶を飲む。妻はワイン一杯を飲む。

ただし、妻が長女の町田の家に行っているときは内緒で、スーパーでチューハイ一缶を買って飲む。家の横は道路で、その向こうにあるゴミ置き場に、こっそりと缶を捨てる。

僕の家族は、父方も母方も酒の強い人はいない。強いのは僕一人だ。酒は、病気した時よりは、強くなっていると思う。

スーパーで買った弁当を三人で食べる。冷蔵庫に缶ビールが一缶ある。

「ビール、飲みたいな」
「がまん、がまん」と、妻がいう。そう、甘い僕がいた。

3月13日　日曜日
『自宅はいいもんだ、全くだ。三人で町田の家へ。真知は留守で16時帰宅……。』
と、書いたが、後半の文章は今となってはわからない。

3月14日　月曜日
『嫌いな雨。三階の内視鏡センターへいき、8：30から11：00まで妻が検査。
昼食。真知の車』

病院への送り迎えは長女の自動車。長女は次男を産んで、一年間の育児休暇が4月末まで残っている。

妻がセンターの部屋に入る。それを見届けてから、最近知った三階の棟と棟の間のベンチに座る。

ひっきりなしの路線バス、タクシー、自動車が僕の眼下によく見える。

すいこまれるような病院。その近くに県立の公園。

病院の最上階の食堂。僕は定食を食べ、妻はお粥を食べた。二回ほど「おいしい、おいしい」と、妻。

3月15日　火曜日
『晴れだが、風が冷たい。今日は郵便局へ振り込み。バスで町田駅。喫茶店で新聞。Ｂｏｏｋ　ｏｆｆで一冊。うどん店。図書館。帰りは託児所帰りの真知の車』
妻は真知と一緒に留守番。僕は久しぶり？の散歩だ。

3月16日　水曜日

『明日は病院。また、郵便局へ行って25万おろす。曇りで、帰ってきて、昼食はラーメンの僕。妻は果物』

僕はどうも「てにをは」の助詞の使い方が良くない。夕方、長女が子供二人と風呂に入っている間に、妻が洋室で洗濯物をたたむ。

「洗濯物、そんなもん、しなくていいのに」と、僕がいう。

「あかん、あかん。それぞれ家族がある」

ずっーと前から、妻が言っていた。

「長男の家族、長女の家族。尊重せなあかん」と、妻。

3月17日　木曜日

『核医学？　病院で、11：00から14：30まで待った。心配だ。真知の車で町田の家へ。

妻は2階のベッド』

後で考えると、その頃から妻の体調はおかしかったのだろう。

3月18日　金曜日

『妻がそうしろというので、明日は旅行。仕方ない。妻と病院。帰ってきて、高一家と真知一家と、能登川から文男と母、長野へ』

正月から決まっていた連休中の家族旅行。妻は楽しみにしていたのに、本当に残念だ。

「僕、行かない」といったのに、妻は、

「行って来」と、いう。

3月19日　土曜日

『雨だ。病院へいき、内視鏡センター。妻は町田。僕は真知の車で、中央道からホテルのテラス蓼科。母の90歳の卒寿の宴。ケーキと母。妻に電話』

「妻を残して旅行なんて」と、そう思う。雨だったが、高速の中央道に入ったとき、晴れてきた。

夕方、文男に携帯電話を借りる。町田の妻に電話をする。

ツー、ツー、ツーと三回鳴って出た。多分ベッドで寝ていたのだろう。

「楽しんできてください」といったが、僕はなぜか涙ぐむ。

3月20日　日曜日

『朝と夕方、妻に電話。３台の車で、塩尻のチロルの森に行く。母と私は出口のところで待つ。「妻と何回もいったなぁ、ホテルの風呂」』

「明日、町田に帰るしな」と、僕が携帯電話でいった。

「うん」と、妻が答えた。

「すぐ帰りたい」と、僕がいった。

3月21日　月曜日
『相模原の高一家と別れて、町田の家に着くと、なんと、玄関まで妻が出てきた。しんどいのに。妻の肩をもみをする』

妻が早く二階のベッドに入ったときは、

「肩もんで」と、妻がいう。

毎日の時もあるが、不定期に僕を呼び出してくる。妻が椅子に座っている時もある。僕は左手一本で肩もみ。だいたい60歳のころから今まで、僕が妻の肩をもんでいた。

最近は、肩を下にベッドで横になっているとき、妻が、

「全身、もんでほしい」と、いう。
片腕の僕は、普通にもむ。
「痛い」と、妻。
「うん」と、僕は弱々しく、何時間でも全身をもんだ。

3月22日　火曜日
『晴れなのに、風が強い。図書館から帰る時、三回立ち止まる。妻は明日、病院で最後の検査を受ける』

「私ばかりに付き合っていないで、図書館に行って」と、妻。
図書館を出た時から、急にもの凄い風で、僕は立ち止まる。僕の足が動かない。
左足か右足か、どっちを出せばいいのか、どうしょう……。
肩を貸してくれたのは、中年の主婦と若い男の二人だけ。

商店街の人は無視、無視だ。
「発病した時、タクシーの運転手は……」と、思ってしまう。
「仕方ないなぁ」と、僕。
帰りは託児所経由の真知の車で、ようやく家にたどり着いた。

3月23日　水曜日
『病院の1FのCA4で最後の検査。14時頃。真知と6階の食堂で食べる。15時頃、妻が検査室から出てきた』

食堂のメニュー表を見て、僕は
「妻がこれを食べた」と、おかゆを指さし、長女にいう。

3月24日　木曜日

『妻が悪性癌!!!　内科室に妻と真知が入って、そして出てきたときに、真知に聞く。癌とわかったのだ』

ショックが大きい僕。言葉の意味がよくわからない日記。

3月25日　金曜日

『真知がいないので、どちらともなく妻の肩をもむ。背後で、僕は涙ぐむ。「窓の外、自然はいいなぁ」妻。明日、高の車で伊豆』

町田の家の居間で、妻は椅子を反対に向けて座る。

僕は、窓から小田急線がよく見える。新宿へ行く電車と、小田原へ行く電車。妻の背後で、僕はそっーと、肩をもむ。

妻の顔は、どんな顔をしているのだろうか。
涙ぐむ僕は、時間の許す限り、肩をもむ。

3月26日　土曜日
『伊豆高原で千円の美容院で妻を降ろして、高と僕はスーパーへいった。降ろした場所に妻がいて、髪をなお短くした』

真っ暗な寝室。僕が、
「絶対、治る。病気飛んでいけ。」と、心の中でいう。
隣にいる妻は、何を思うのだろう。身体がえらい妻。

3月27日　日曜日
『2Fは高、1Fは僕が掃除機。ダルマの片眼。また伊豆の家に帰ってくる。晴れで桜の道』

テレビの横に置いてある、銀行の景品の小さな片眼のダルマに、

「ここに帰って来れますように」と、妻がお願いした。僕と長男は、

「そうだ」と、いう。

道路は真鶴から海岸に出たとき、長男が運転席、僕は助手席、後部座席に妻がいる。

「私が死んだら」

「縁起でもない」と、語気を強めて、僕がいった。

「もしも……よ」

僕は、「どんな顔をしていっているのだろう」と、後部座席の妻。

妻は長男に、僕のことをいう。

「家の近くの有料老人ホームへ」それから、

「以前からいってある通り、伊豆の海に散骨して欲しい」

僕もそうしょうと思う伊豆の海。「海の散骨」が妻と僕の約束だった。
「うん」と、長男。
寝る時、妻が僕に、
「全身、もんで欲しい」妻は全身に力なく、今までになかった弱々しい体だ。

3月28日　月曜日
『形成外科の待合室で、妻が「えらい」真知が対応。即、入院』

妻が入院!!!

3月29日　火曜日
『11Ｆに入院。看護婦が体をふく』

この28日と29日の日記は、僕は動揺して、なにを書いているのか、全くわからない。

病室で、妻が、

「能登川の実家に帰って欲しい」と、いう。

長男と長女には家族がある。

「仕方ないなぁ」と、僕。

妻は右腕に点滴を打ちながら、寂しそうな顔をしていた。

窓の風景。公園は、これから咲こうとしている樹木。上に青い空が見え、飛行雲。

僕は左手で、妻の左腕にそっと触れた。

二人は、泣いた。

3

一粒の涙

一週間前、妻が
「おなかが張る」と、いったとき。

何故、病院へいかなかったのだろう。

「死んだらあかん。妻、頑張れ！」

退院するときは、笑顔の妻、と願う僕。


走り書きの日記。（能登川ではメモ用紙に書いた）

3月30日　水曜日
13時少し前、能登川駅に文男が迎えに来てくれた。
僕は「最悪からの一歩」と、文男にいう。

3月31日　木曜日
妻がいないと、僕の生活は何ともならない。
15時頃、高から電話。
妻がベッドから立ち上がれない。
頑張れ、絶対治る。

4月1日　金曜日
真知から。31日の夜、初めて薬を投入。妻が汗をかかなくなった。
妻の下半身は駄目だが、これも第一歩だ！

4月2日　土曜日
真知から13時過ぎ、熱があり、氷まくらをしている妻。むろん、第一歩だ。
4月3日　日曜日
高から、妻の下の妹の栄子さんが病院に来た。
頑張れ、妻。
4月4日　月曜日
真知から。家族があるのにごめん。妻の様子を聞く。
4月5日　火曜日
真知から16時過ぎに電話。服がないといったら、妻は能登川で買ったらと。まだ、検査中か。

4月6日　水曜日

真知に、僕から

「妻が伊豆の家に帰ってきたら、ダルマに両眼を入れよう」と、伝えてくれ。

4月7日　木曜日

真知から電話がない。多分、悪いながらもいつもと変わりがないのだろうと思う。

4月8日　金曜日

妻よ、負けるな！　癌に負けるな！

4月9日　土曜日

駄目な右半身不随の僕！　頼む、妻！

二人分の生命、妻なしでは僕は生きられない。

4月10日　日曜日
病気で妻は何を考えているのだろうか！
早く良くなってほしい！
19時、真知から電話。
「寝返りもうてず、つらそう」と、真知。
そうか、心配！

4月11日　月曜日
突然だ、16時20分、高から電話。
先生が高と真知に面会室へと。
悪性リンパ腫!!　先生が妻は2ヶ月入院が必要と。
やっ・・・・・・かい病だが、頑張れ。
吐き気、毛が抜ける――そんなもの、なんや!!

4月12日　火曜日

19時45分、高から電話。

張っていた？　肺から水が取れて、妻は多分気持ちがいい。

妻は「寝るし」、高は「うん」と。すやすやと眠った妻。

妻よ、よかった、よかった！

文男は「心優しい高と真知。いい子供たちだ」という。

4月13日　水曜日

甘かった。妻が大変なのだ。

高から「お母さん、しんどい」と、病室の様子。

抗がん剤、仕方ない、一日でも早くよくなること、妻よ、頑張れ！

4月14日　木曜日
真知が14時半、高が19時半に電話。
文男が電話で病気のことを聞いたメモで
〈二日前から薬を投入↓予想以上に癌細胞をやっつけてくれた↓その老廃物が発生↓
人工透析しているが、腎臓に負担。不全。ろ過装置〉

4月15日　金曜日
真知が文男に電話、15時40分。
昨日と変わりなく、ただむくみがひどい。
――病室で頑張れといいたい、妻！

4月16日　土曜日
19時10分、文男に真知から電話。

人工透析する。

――昼から悪い方ばかり考えていた、反省した。

4月17日　日曜日

17時、高から電話。

水を抜く。人工透析。

看護婦は「だいぶんよくなった」と、いった。

妻は寝ていた。

――よかった！

ここで4月17日の日記は切れ、今度は普通のA判日記帳を買った。ページは何行書いてもよいのだ。

4 天国にいる君

二〇一六年（平成26年）四月二一日

妻、死亡。病名は悪性リンパ腫。

僕の日記、タイトルは『一粒の涙』

4月22日　金曜日

能登川にいく途中、高速道路から見える伊吹山に沈む真っ赤な夕陽。徐々に落ちてゆく有様は、妻が薄暮（はくぼ）。鈴鹿山脈は満月。

夕陽と満月と妻。

4月23日　土曜日

天国というのは、本当にあるのだろうか。それがあるとして、妻は最上級のもっと上のところにいるのだろう。

オカアサン、病院のいろいろな検査、つらかっただろう。

仏さんの笑顔、生きているようだ。

20日のまだ生きているとき、オカアサンが口で「ありがとう」といっているみたいだ、と高。また、僕は妻の顔に近づき、妻の左眼から一粒の涙を見た。そして、消えた。

「ごめんな、貢司さんのこれからが心配だ」と、いっているみたいだ。

深夜、誰もいない病院の自動販売機のある休憩室で、僕と高と文男と栄子さんの四人。

病室に戻ると、独りでいた真知が、

「何処に行っていたんだ！」と、涙。

そのとき、生から死の、妻。

4月24日　日曜日

病室のベッドに横たわる妻の左眼から口にかけて、「一粒の涙」を、僕は考える。

伊豆の家の朝、テレビの『体操』が始まっている。妻は体操、僕は寝室で起きだす。

でも、ここは能登川の家。

病室で使うマスク、もういらん。

4月25日　月曜日

まだ、信じられない。妻が、死ぬなんて！

僕はどうしたらいいのだろう。

昨日は真知、一昨日は高と真知から電話。

今日は14時に、僕がどうしているかと、真知。30分後、高からの電話。

二人とも優しい。

〈5月7日（土）葬儀の打ち合わせ。5月21日（土）海への散骨〉

散骨は、たまたまオカアサンが死んで丁度一か月後の日になった。

僕が能登川の実家から伊豆の自宅へ帰れるのは、5月7日になるそうだ。

身体障害者の僕に、よくやってくれた妻！

それにしても死へのステップが早かった。

関係ない話だが、病気する前は、妻が僕の散髪屋。妻に髪を切ってもらったのは、たぶん5回。

また関係ない話だが、オカアサン、名高い温泉旅館よりも、温泉成分が入っていない伊豆の我が家のお風呂の方がいいのだと、二人して思っていた。

4月26日　火曜日

僕は耳かきができない、爪を切るのもできない……、オカアサン。

それに障害で数字が苦手。そうだ、高にお金の管理を頼もう。

オカアサン、何故、死んだ！

4月27日　水曜日

伊豆の家は、二人が暮らした場所。僕は一人になっても、我慢すれば、伊豆で暮らすのが幸せ……?

午後から能登川は雨。雨、伊豆はどうなんだろう。

19時50分、真知から電話で、伊豆の家に一人で住むことは反対だ。障害者ならなおさらだ。

4月28日　木曜日

すぐ涙ぐむ、僕。妻が亡くなって今日で七日目。

病気してからもそうだった、僕にとって最高のパートナー、オカアサン!

僕の希望は、伊豆の家で暮らすか、その近くの施設に入りたい。それだったら、幸せだ。

21時15分、高から電話。

伊東市のフラダンス仲間の田辺さんと戸田さんが泣いていたとのこと。

4月29日　金曜日

オカアサン、8時半、僕が高に電話。

伊豆の家の近くの施設に入れるかどうか、結局、僕のような障害者は駄目。高も僕と同じ施設に入った方がいいと考えていた。

これからの僕の生き方、もう一つ考えがある。

伊豆の家に一人で住む。うん、最大級の努力をすれば、大丈夫だよ、オカアサン。

5月7日に伊豆の家にいくことになった。文男と高と二泊して、僕が家事ができるか様子を見るそうだ。

これで、絶望から希望に変わった。

文男は単身赴任があったせいで、冷凍食品に詳しい。

高は器用に何でもこなすが、僕は不器用で、生活的なことはまるで駄目。

そうだ、スーパーで買った左手用のハサミ。価格は254円。伊豆の家に一本ある。

これで簡単なものが切れる。以前は、

「オカアサン、これ切って」と、すぐにいう。

猛省だ、オカアサン。

「天国で見てるよ」と、声が聞こえてくる。

4月30日　土曜日
オカアサン、今日は「阪神×横浜」の試合を、あの甲子園球場で観に行くことになった。文男が気晴らしにと予約券を買ってくれたのだ。

甲子園球場は、文男は初めて、僕は高校野球で2回いっている。いずれも半身不随の病気後だ。

晴れで、ちょっとの風の能登川駅のホーム。

11時3分の電車に乗る。

電車に乗ると、短いトンネルを通り、左側に安土中学校が見える。オカアサン、東京にいく前の最後の勤めた学校。

近江八幡駅を過ぎると、右側に近江八幡西中学校。高槻から滋賀県に来て、初めての学校。その横に日野川が流れる。

京都駅、そして高槻駅。

オカアサン、高槻の中学校の頃、僕と知り合い、結婚して、駅から歩いて15分のところのアパート、荒木荘で新婚生活をした。

思い出の一杯ある青春時代。

5月1日　日曜日

オカアサン、晴れで暑い。

今日は能登川墓地の父の墓に。母を降ろして、文男との車で、元水口町の伯母の墓にもいった。

合掌して、妻のこと、海への散骨のことを報告。
帰りに国道8号線に出て、文男と天下一品のラーメンを食べた。
このチェーン店は、元々は、僕が食べていた京都銀閣寺通りの屋台ラーメンが発祥。
オカアサンは好き嫌いがなく、なんでも食べた。

5月2日　月曜日
オカアサン、今日は68歳の誕生日だった。
真夏を思い起こされる晴れだ。
5月2日、悔しい！　死んだ、オカアサン！
そうそう昨日の天下一品のラーメン、高も好きだ。
どうでもいいことを思う。
天国へ、誕生日！
実家の前の田んぼ、田植えが速かった。

夕方、公園を散歩。すぐ、オカアサンを思い出して困る。

家に帰ったらカエルの合唱。

オカアサン、この合唱、聞こえるか！

5月3日　火曜日
オカアサン、朝はベッドやなく、こっちは畳の上の蒲団。

「よっこらしょ」と、僕は小さな声で立ち上がる。

まずは服を着て、洗面所へいき、昨夜つけておいた入れ歯洗浄剤を洗い流し、ここからが大変だ。台所にいく。

僕は、母と文男の手を借りずに、左手一本で、牛乳とパンを用意する。

風が強い。散歩は取りやめて、車に乗って、近江八幡の映画館で『僕だけがいない街』を観る。

映画を見ている間、寝ている母。

映画の評価は文男と同じ「上中下の中」だ。配役はいい役者をそろえている。

オカアサン、テレビじゃなく、映画だ。

オカアサン、撮りたいなぁ、映画を。

5月4日　水曜日

オカアサン、9時頃、二日振りに高からの電話。

僕のこれからの生活の結論。高と真知は、自分たちの家から伊豆の家は遠いので、近くにアパートを借りて住んで欲しいとのこと。

そうすれば、図書館があり、坂道はなく、コンビニがあるなど。現実的に、オカアサン、仕方ないなぁ、高たちの案⁉

高から文男に写メールがきた。

写真は新築の二階建てのアパート。横浜線の淵野辺駅の近く。坂道がなく、図書館あり。

昼から五個荘の苗店へ、車で三人でいく。いろいろな苗があり安い。
その店でやっていたイチゴ狩りは600円！　家に持って帰り食べた。
おいしい。オカアサン、
「静岡市の海側で、イチゴ狩り、いったなぁ」
16時45分、真知から電話。
明日、アパートを見にいってくると。もう一つ、真知の職場から
「おくやみ申し上げます」って、オカアサン。

5月5日　木曜日
オカアサン、おはよう。
明後日の7日に、伊豆の家に帰る。
オカアサンが病院で急死して、初めて帰る二人の伊豆の家だ。家だよ。
19時半、アパートの件で真知から電話。

他の人がもう契約していた。真知が「ぷっー」として、元気がない。
高と衝突したかな。困る、僕は二人に頼るしかないのだ。
天国にいっている妻、オカアサン、この世にいない、淋しい！

5月6日　金曜日
オカアサン、明日、伊豆へ。オカアサンが待っている。
昼は雨で、明日は？
18時55分、高から電話で、明日は熱海で待ち合わせ。

5

飛び魚一匹

5月7日　土曜日
オカアサン、文男と熱海駅で降りて、高の車に乗り込む。すぐ、伊豆の海だ。
「伊東にいくならハトヤ」のＣＭを思い出されるハトヤホテルと、
「一回はいきたい」と、二人で話した伊豆大島。
懐かしく思える伊東の海。山側は市役所。
国道を離れ、伊豆高原駅の踏切、もう少しで伊豆の家。オカアサン、花が一杯、一杯。
家に着くと、独り生活の練習。ゴミ箱からビニール袋にゴミを入れ替え、袋を縛る。
僕は左手一本、ゴミ出しに苦労した。
何もかもオカアサン一人でやっていた。これからは僕自身の生活。

近所の年上の小山さんが、花と菓子を持って、家にきた。
テーブルの上にオカアサンの散骨箱。お参りをする。急だ、一か月半の急死！
やはり、家はいちばんいい。
寝室は僕一人。左横のベッド、妻、いない。
悔しいけれど、天国へいった。
「仕方ないなぁ」

5月8日　日曜日
オカアサン、午前中は、高と歩いて30分以上のイオンまで、歩いた。帰りも歩いた。
坂道も歩いた。
どうにかこうにか歩ける。
僕は、右半身不随でも、杖をつかずに歩く。
高と文男が13時半に帰った。途中、二人は伊東市の散骨業者との打合せ。

いよいよ僕一人、家にいる。

オカアサン、少しも寂しくない、そうだ、妻がいてくれる。

文男が家の中を見て、

「義姉さん、ちゃーんと整理してはるなぁ」

洋服も一杯あって、感心する。

僕は服を整理する。冬物から夏物へ、オカアサン、薄い靴下から始めた。

外ではシジュウカラやウグイス、オカアサン、聞こえるかい！

テレビの上の棚に、高一家と真知一家の写真。その中に、笑顔のオカアサン！

呼んだら、家の中のどこからか聞こえてきそうなオカアサンの声。

19時、高から電話で、アパートのもう一つの物件、相模原駅の近くのアパートを真知と見にいったと。

5月9日　月曜日

オカアサン、時計を見ると5時だ。

洗濯機に入れ、朝食のパンを食べ、洗濯機から取り出し、物干し棒に干す。

全部、僕の左手だ。

新聞は21日まで配達される。これから新聞を読む。すると7時だ。

留守の間、妻のことを知らない田中と、井上さんからのハガキ。僕は「奥さんを大切にしようと、つくづく思う」と、下書きを書いて、机の引き出しを探す。

ハガキと切手がない。多分、真知の家に置いてきたかな。

一人で昼食のそうめん、僕は左手だけで食器を洗う。

全部オカアサンがやっていたことを、今は僕一人。

家の外は雨だ。一人の生活。

9時半、文男から電話。18時半、真知から電話、すぐ高から電話。ありがたい。

5月10日　火曜日

オカアサン、いつもより一時間遅い7時起床だ。

「ベッドからお蒲団を上げて」と、いっているみたいだ、オカアサン。

つらい、オカアサン。

オカアサンが天国から見ているタイトルが『一粒の涙』日記は、実は自分のために書いている。

病室で、酸素吸入器をつけているオカアサンを見て、高が「〈ありがとう〉と、オカアサンがいってるみたいや」

真知が号泣、オカアサン、死んだ。僕、高、真知の三人！

18時半、真知から電話で「どないや」と。

高から19時、電話で「アパートが決まった」。

相模原駅から歩いて4分。

オカアサンが亡くなって、一ヶ月後の21日は、海の散骨して、その後はホテルで一泊。

22日は引越しの予定。
オカアサン、僕一人で伊豆の家から相模原のアパートへ。
「オカアサン、過去、よく引越ししたなぁ」

5月11日　水曜日
オカアサン、伊豆の家はつらい！　オカアサン。
18時半、真知から電話。そして20時、高から電話。
「町田で、食事をしていると、すぐお母さんを思い出して困る」と、真知がいう。

5月12日　木曜日
オカアサン、朝から晴れで、家の外へ出ると、暑い。
今日はハガキ2枚を買いに郵便局へいく。また、道は高低差のある坂道だ。
郵便局の帰り、近くのコミュニティセンターに立ち寄り、オカアサンの好きだった伊豆新聞の〈これからの一週間の行事〉を見て、僕は自販機のコーヒーを飲む。
僕は家に帰ってくると、玄関に入り、大きい声で
「ただいま」と、三回、口に出す。
「お帰り」と、オカアサンの声はしない!!

5月13日　金曜日
オカアサン、僕はしっかりしょうと思う。何故か、オカアサンの病気のことを気づかなかったのかと、つくづくそう思う。

10時半から14時半、真知が町田の家から伊豆の家に来る。

イオンで、高と文男で買った冷凍食品を、今度は真知と買う。イオンの買い物の後はガストで食事。

オカアサン、真知が帰るとき、僕の右手と左手の爪と、両足の爪を切ってもらった。

相模原のアパート、どんなところだろう。伊豆の家をおいて、オカアサン、僕一人で

引越しするけど、すまんな。夏服をちょっとだけ持ち出す引越し。

5月14日　土曜日

オカアサン、引越しの荷物、夏服を段ボール2箱、本を1箱に詰める。伊豆の家、イチジクの木の前で、家族全員で撮った写真、オカアサン、笑顔で写っている。

後は、この伊豆の家に、僕の冬の服は置いていく。

5月15日　日曜日

オカアサン、朝のパンを食べているとき、オカアサン、一人で淋しい、つらい、本当につらい、僕！

12時頃、能登川の母と、13時頃に高と、17時頃、真知から電話。強がって「僕は大丈夫だ」。

5月16日　月曜日

オカアサン、僕は寝室から洋室のテレビの体操を見て「おはよう」、元気よく妻が「おはよう」といい返す、でも今は沈黙！

一人で新聞を取りにいく。

昨年末か、あるいは今年の1月か、

妻が、寝転んで耳かきをしてもらっている僕に

「もし私が亡くなったら」と、小さな声でいい、僕が

「冗談いったらあかんな」と、切り返す。

当然そんなことが考えられなかった僕がいる。

天国にいった、オカアサン‼

我が家の整理だが、どこから手をつけたらいいのかわからない。困ったことだ。

オカアサン、僕は体が丈夫になった。

「よいしょ」と、トイレの僕は、便座から普通に立つことができる。

妻が病気する前と比べると、ものすごい進歩だ。

これも不思議だ。

妻の体がおかしくなりかけた頃の三行日記の文章は、まぁいうたらなんのことやらわからない。それが、『一粒の涙』の日記は、文章がようやく分かるようになったと、思う。進歩だ。

そう、生きていくため。そして、オカアサン、家の中どこを探したって、オカアサンはもういないのだ。

5月17日　火曜日
オカアサン、朝から雨だ。
以前なら、多少雨がやんでいる間に、妻が門のポストに走って新聞を取りにいった。
突然、思い起こす。
昨夜は真知が18時15分、高が21時半に電話をよこす。

そうだ、こんなに面倒掛けていいのか。高と真知には、それぞれ家族がいるのだ。オカアサン。

僕、家のことをなんにも知らないのは罪だ、オカアサン、そう、罪に値する！

19時45分、真知から電話。

「親は、もうお父さんしかいない。」

いい言葉だ。

20時45分、高から電話で、

「僕は朝9時にいく。そして、11時に親父の障害の状況を調べに人が来る」だ。

5月18日　水曜日
オカアサン、高が伊豆の家に来て、2階の妻の裁縫机と、1階の金庫を持って行くことになっている。
裁縫机の行先はアパートで、僕の机として使う。金庫は高が管理する。

11時10分、伊東市の介護士の女性が家に入り、僕の右半身不随のことを調べる。ようわからない僕が、質問を受ける。

高が14時30分に帰る。外側から見ると、我が家の庭には、オカアサン、花が、いろいろ花が無数にあるのだ。

僕は花の名前を妻に聞いたが、今となっては忘れた。花が一杯、一杯、一杯。

5月19日　木曜日

オカアサン、窓から青空に飛行機雲が見える。僕の机の横には、オカアサンの机。

僕に二つ、オカアサンも二つの本棚がある。

オカアサンの伊豆の家。

「一人で、寂しくなるなぁ」

オカアサンとの思い出が詰まっている！

5月20日　金曜日

オカアサン、今晩泊まったら、明日は散骨。家にいると「オカアサン」のことばかり思い出す！

僕は、つらい、オカアサン！

田中からハガキ。

〈働き者で、先生であり奥さんだった。お前の大事な妻だった人。冥福を祈ります〉。

そうだ、妻は数学の先生だった。

68歳の誕生日間近だったよね、オカアサン。

僕に〈元気で居てくれ！〉と、田中。

僕は一人。

21時過ぎ、高から明日のことで電話。

5月21日　土曜日

オカアサン、朝だ！

寝室の窓から覗くと、まさしく、晴れで、ウグイスが鳴いている。

高は9時、真知は10時に来る。僕は引越しの用意をして、国道のマリンタウンへ。

オカアサン、お別れだ、すぐまた来る！

そうだ、オカアサン、今日は亡くなって一ヶ月目の21日だ！

右側に伊東港があり、左側にはもうちょっといくと伊東駅があり、まっすぐ国道に出ると、右に伊東マリンタウンが見える。

人も車も一杯の伊東マリンタウンは、オカアサンの仲間と会場で「フラダンスを踊ったなぁ」

ダンスを踊っている間は、僕は

「どっこいしょ」と両足をつけ、海を見ての足湯だった。

オカアサン、青い海、大好きな海。

観光船が停まっている左側に、ヨットの桟橋。その横に14時に、僕と、高一家と、真知一家は、小さな船に乗って海洋散骨だ。業者のマインズ企画の社長と、船を運ぶ社員。船からは紺青の海。陸を見ると、市街地から奥の山の上に市役所。今は見えないが大室山の向こうは伊豆高原だ。

初島は遠いので、伊豆大島と小さな手石島の中間点で、船は停止した。

オカアサン、オカアサン、海に花添えて散骨!!!

僕は見た。船の停止場所からの帰り、一匹の飛び魚が、2から3メートルも飛び、さらに、もう一回飛んだ。

オカアサンのように!! 飛び魚とオカアサン。

湯河原温泉のホテル、ベネフィットステーションは伊豆山の山の上にある。高が予約してくれた。

オカアサンがいない僕一人の部屋で、このノートを書いている。

夕食はホテルの最上階の和室で、料理は「二大グルメコース」で、高一家と真知一家で食べる。オカアサンがいないのが、悲しい。

眼下に相模灘の夕暮れ、伊東の手石島沖の散骨して眠るお母さんと、それと、満月!!

オカアサンがいない僕一人の部屋に、真知夫婦と、途中から高がきて、オカアサンの話をする。

「僕もお母さんと一緒で、伊豆の海に散骨してほしい」と。

外は満月の月と、そして、飛び魚。

5月22日　日曜日
オカアサン、ホテルの朝食は昨日の和室で。従業員が気を使ってくれて、ごはんと、お茶とお箸とおしぼりと、オカアサンの笑顔の写真立て。そして、伊豆の紺碧の海……、オカアサン。
夜、相模原のアパートつくが、僕一人。
南の窓側に、伊豆から持ってきた裁縫机を置き、僕はノートに向かっている。

オカアサンの写真立て、オカアサンの使っていた蛍光灯スタンドを見て、オカアサンが笑っている。

5月23日　月曜日

オカアサン、窓から見ていると、マンションの向こうに鉄塔が立ち、大山の稜線が見え、まぁいいところ。駅にも近い。

このアパートは新築で4階建て。その四階、4室の一室に僕が住んでいて、エレベータが付いている。

昨晩、アパートの前の道路で若者たちが酔っ払い、2回起こされた。腕時計を見るともう7時だ。よく寝た。

さぁ、一日の始まりだ、オカアサン。

6

天国と地獄

オカアサン、天空にあるという理想的な世界とは、どういったところだろう。天国に住む、オカアサン。

もし僕は、死んだら、まっしぐらに地獄に落ちるだろう。

「天国にいって、一緒に暮らしたいなぁ」

僕は37歳のときに脳卒中で、右半身不随と、おまけに言葉が言えぬ失語症になった。

言葉は「ア〜エ〜」から、だいぶん治ってきたが、書く方は文章がうまく作れない。全く駄目。

天国と地獄、どこからそういう仏教の言葉がでてきたのだろう。

そうだ、思い起こす。僕が小学校6年生か中学校1年生。

滋賀県の多賀大社は、かの有名な伊勢神宮の天照大神の両親を祀った神社。毎年4月22日は「多賀まつり」で、人も一杯、露天も一杯の祭りの日。

お祭りの真っ最中の日だったか、あるいは夏のお盆だったか、ある寺のこと。

母の実家は多賀大社から歩いて5分弱のところにある。

子供のころはまだ車が少なく、二番目の弟の文男と、当時の国鉄の能登川駅から電車に乗った。約25分で彦根駅にでて、単線で本数は少なく、たった2両編成の近江鉄道に乗り換え高宮駅。そこから、八日市に繋がる本線から分かれて、1両の電車が走る支線に乗り換え、終点の多賀駅。

彦根駅から多賀駅も、同じくらいの25分かかる。

電車の中、二人は外側に向かって、膝を立てて座る。、晴れの田圃の風景を、眺め続けている。

多賀駅から歩いて10分強のところに多賀大社。

その参道の左側に、小さな寺がある。

寺の正面に、白色のチョークで書いた黒板。そこには『天国と地獄』の文字。

「天国と地獄って、どういったところなんだろう」

僕と文男は吸い込まれるように、寺の中へはいった。

本堂に入って、簡単な巻物の展示は、文字で『天国から見た地獄絵』

何を書いてあるのか、僕には判らない文字と、反対に、大きくて、恐ろしい挿絵の巻物。

三途の川をわたり、不明瞭なその先の絵。

皆、全裸で、口の中は全部歯が抜けて、片足が鎖につながれている絵。

二人はお寺を出て
「けったいなものを見たなぁ」

多賀大社を通って、母の実家についた。

その当時、僕の家族は能登川町の「昭和映画館」の中の8畳の楽屋兼管理人室に住んでいた。

父は、映画館で一台10円の自転車預かり所をやっていて、その他に映画館の何でも屋だった。映画産業が成長から、緩やかに斜陽になっていた、その頃。

父は、映画館の仕事をする前は、八日市市から京都市へ、電車に乗り、一人で米一俵を、着物の問屋に運んでいた。

保育園児になっていただろうか、一度父の仕事についていったことがある。そうだ、前の晩から
「初めて、電車に乗れる」ぐらいに思っていた。

八日市市の4軒がつながる長屋から、朝一番の電車に乗った。近江鉄道の最寄りの駅は八日市駅だが、隣の新八日市駅から乗った。

八日市駅から乗るより、運賃が安いからだ。

米一俵を自転車の荷台に乗せ、僕を前の子供椅子に乗せ、長屋から新八日市駅までいく。

電車に乗り、終点の近江八幡駅で、複線の国鉄に乗り換え。

国鉄にまだ蒸気機関車が走っていた頃で、電車にしても、機関車にしても、車窓から見える景色を堪能していた。それに速さも。

列車のデッキにいる父と僕。大津駅からトンネルにはいった。

すると、眼が痛い僕。すぐに父は、白いハンカチを持って、僕の眼のふちをふいてくれた。僕は思う。

「白いハンカチ、格好いいなぁ」

京都駅では市電に乗らず、歩いて問屋にいった。裏口で、番頭が出てきて、米一俵を現金で買ってくれた。僕は、番頭と父の様子を見ていた。

帰り、京都駅の手前で、食堂にはいった。

僕は食堂に入るのは初めてで、父が注文する。

「『きつねうどん』と『すうどん』」

僕のきつねうどんは30円。父のすうどんは20円。ちなみに中華そばは50円だった。

世の中、時代に活気があり、父の姉の夫が映写技師で、彼が勤めている会社の社長が、

隣町で新築の映画館を持ち

「誰か自転車預かり所をやってくれるいい人はおらんか」とのこと。そのときは、映画は大当たりの産業。

そうやって、僕たち家族は、能登川の映画館の中に住んだ。

映画館のスクリーンの前に舞台があり、そこで月二回実演があった。そのときは、我が家は歌手や漫才やらの楽屋となる。6畳が出演者用に取られ、境界にふすまを垂直に立て、残り2畳が我々の取り分。

そう、僕は保育園の年長から中学校1年生になるあいだ、8年間、映画館のお世話になった。

我が家は、家の外に手押しポンプがあり、台所ではその水を使う。玄関から入ると、右側に台所と畳。正面の戸の向こうは便所。女性便所、男性便所と続き、その先は映画館の館内になる。スクリーンの裏側に便所がある構造だ。

だから我々は、映画館の館内へはトイレから入れるし、もちろん正面からも入れる。

僕の家族は、大人70円、子供30円の入場券は全くいらない。映画がただで見られた。

それから我が家の屋根はトタン板。夏は暑く、雨はうるさい。

多分、初めておばあちゃんが家に来て、泊まっていた日。

蒲団を敷くのも、狭い家なので苦労する。それから大変なことは、音だ。映画の音が、壁を伝わって、大音量で聞こえてくる。

映画は二本立てで、三日間同じものが上演され、四日目には次の映画が上演される。

『地獄』か『天国か地獄』の映画だ。

倒産した新東宝の映画だったらしい。

あの地獄の音が大音量で聞こえてくる。おばあちゃんは大丈夫なのかなと心配だった。

たわいない話をして、地獄の苦しみの音を打ち消すかのように。

父は自転車預かり所にいて、母は映画が終わったら館内の掃除。

またたくまに僕は寝たが、大音量の中、おばあちゃんは起きていたのだろうか。

次の日、学校から帰ってくると、映画館の最前列が僕の一等席で、そこで観る。

おどろおどろしい地獄と、雲の上に真っ青な天国。
オカアサン、天国にいった、オカアサン。

7 二人の出会い

オカアサン、
オカアサンは白髪。僕は黒と白が半々の髪。二人の笑顔を絶やさない伊豆の家だったが、そうだ、一転して、オカアサンは病気してから一か月半後に、とうとう天国にいってしまった。
まだ僕は信じられない、考えられない。
家のことは、炊事も、服装も、金銭的なことも、細かなことまで全部オカアサン。

家のことは、どうなっているのか、わからない僕がいる。

辛い、片腕の僕は、なお、辛い。

高は毎朝、自分の家から徒歩2分のバス停から乗って、仕事場まで通っていた。だが今は、自転車でわざわざ僕のアパートまで来てくれて、それから自転車を置いて、徒歩4分のJRの相模原駅から職場に行く。

雨の日は、自転車を使わずバスでくる。

二日に一回、高は奥さんの作ったおいしい弁当を、僕に渡す。うん、オカアサン。

夜、僕のアパートに寄って、自転車か、あるいはランニングで帰っていく。

四階の僕の窓からは、まっすぐの道路、街灯もあり、遠くまで走っていくのがよく見える。

高の走り方、腕の振りもなかなか様になって、走りは上手だ。

真知が住んでいる町田の二階の部屋は、もとは高が使っていた部屋で、オカアサンと僕がいった時の寝室になっていた。

泊まったあるとき、本箱の中に、高の小学校卒業文集を見つけた。

「どういったことが書いてあるのだろう」と、僕は、文集の1ページを、高には内緒で見た。

「琵琶湖一周をマラソンで走りたい」

そして、文集の最後のページは、クラス全員の1位から3位までのランキング付け。

「もし、長生きするとしたら」の項目。

順位は1位ではなくて2位に高。

「人間性が陽気なのは」

これも順位は1位ではなくて2位に高。

僕は文集を見て

「オカアサン、2位の高」

オカアサンはにっこり笑っていた。

「どないしてる」と、真知は僕に、町田の家から二日に一回、オカアサンの持っていた携帯電話にかけてくる。真知は、昼間の仕事を終え、急いで保育園に二人を迎えにいき、家に帰って夕食を作り、子供に食べさせる。その忙しい中かけてきてくれる。

オカアサン、伊豆の家の固定電話は、高が契約を取り消して、オカアサンの持っていた携帯電話を、僕がもらった。

「オカアサン、ようわからへん携帯電話」

高と真知に教えてもらって、なんとか携帯電話は、向こうからかかってきたら出られるようになった。

携帯電話を触るのは、出るときと切るときだけだ。それと、一日一回の充電。

「オカアサン、ややこしい、携帯電話」

5月24日　火曜日

オカアサン、7時頃、高がアパートにきて、妻の直美さんが作った弁当を頂いた。

近くに住む直美さんの実家から、中古のテレビをもらうことになった。これまた感謝。

僕は弁当を持って、アパートから相模原駅。それから一駅１４０円で橋本駅。

行先は駅近くのビルの六階の橋本図書館。

図書館の下の談話室のベンチからは、橋本駅とイオンをつなぐ陸橋を渡る沢山の人々が、全身までよく見える。

僕は弁当をほうばる。実にうまかった。

アパートの部屋で、寝転んで体操をしていると、伊豆の家のことばかりを思い出すので、オカアサン、困る！

18時40分、真知から電話。20時10分、高がアパートに寄って、自宅まで走って帰った。

こういう生活、オカアサン。

5月25日　水曜日
オカアサン、5時に起き、窓の外の大山がかすかに見え、曇りだ。

昨日、高にアパートのここの住所を聞いた。
『中央区相模原1－7－3、サンフェリーチュ402』のようだ。覚えておこう。
高がとっている昨日付けの東京新聞を、朝、アパートに持ってきてくれた。
伊豆の家でとっている朝日新聞ではなく、東京新聞。多分、値段が安いからだ。
外は風が強いので、近所の理髪店に行くのはやめた。
オカアサン、僕は散髪をやってもらったなぁ。
「頭の天辺、もう少し短く」と、僕がいうと、
背後のオカアサンが、苦笑いしているのが、よくわかる。
妻の両親は、文京区の自宅から、静岡県伊東市の有料老人施設に移った。
それから数年経ち、義父は僕と同じ脳卒中になった。
オカアサンは長女だった。両親のそばにいる必要があった。
学校と伊豆の自宅の往復は、2年間続いた。
オカアサンは朝一番の電車に伊豆高原駅から乗り、二日後の夕方帰ってくる。雨の日

以外、僕は途中の道まで迎えにいった。

「おかえり」

「ただいま」と、オカアサンの笑顔。

5月26日　木曜日
オカアサン、昨夕は缶ビール一缶を飲んだ。

ビールだ、オカアサン、あちらの世界はどうなっているのだろうなぁ。

「ビールで乾杯」と、僕一人。オカアサン。

午前中、理髪店にいって、長く伸びた髪を、短く切った。さっぱりの1、600円。

アパートの風呂はシャワーしか使わない。左側に手すりがないので、浴槽に入れない。

困ったことだ。

洗濯機は買うと高いので、大物家具として唯一、これだけは伊豆の家から高が持ってきてくれる予定。

高が19時頃にきて、僕の洗濯物を持って帰ってくれた。オカアサン。

伊豆の家のお風呂は最高の風呂。

まずは左手の持つところが多い。風呂から見える外の景色、特に紫陽花がきれい。オカアサンもよくいっていた。

浴槽の中から、僕はよく見ている。

5月27日　金曜日

オカアサン、雨だ。窓のカーテンを開くと、一羽のスズメが、電柱の碍子のところにいて、僕はそれをながめている。

昨夜はテレビをかけたまま寝た。朝起きたら6時半。

雨がやんで、僕は橋本図書館にいき、いつものベンチで、陸橋を目的をもって歩く人々の様子を見ている。

アパートに帰っても、僕一人でオカアサンがいない、いないのだ！

※雨、僕は雨男。二人の結婚式も、ジャージャー降りの雨。おまけに雷がなっていた。僕とオカアサンの結婚式は2月22日午後2時。外は傘が必要、最悪だ。式は終り、徐々に天気は回復。

翌日の九州の新婚旅行は、打って変わっての晴れ。肝心の結婚式の雨は、僕のせい。そうだ、僕が東京から実家の能登川に帰るときも、決まって雨。雷のときも、雪のときもあり、ごくまれに晴れだ。

能登川の母に聞くと、僕が生まれたのは3月11日の朝で、これまたジャージャー降りの雨と雷。

「雨、やっぱりなぁ」と、オカアサン。

5月28日　土曜日

オカアサン、今日は高が休日で、僕のために、３ヶ月に一度のおか整形外科に車でいく。

病院の近くの薬局にいき、薬をもらった。

途中、郵便局に寄って、10万円をおろす。

高と真知にはそれぞれ家族があるので、僕は、１ヶ月１万5千円を二人に渡して、面倒を見てもらっている。ありがたいと思う。高と真知。

昼食は、淵野辺の国道16線沿いの「中華そば」の幸楽苑。そこではなく、ＪＲ成増駅近くにも幸楽苑がある。オカアサンとの最後の外食のお店。

そうだ、オカアサン、僕と高は中華そば。

オカアサンは何を食べたか。

オカアサン、オカアサンを思い出して僕と高は泣きたくなった。

「おいしい」といった。やせた妻の顔、オカアサン。

車でアパートに着くと、高が『散骨ノート』を取り出した。

〈散骨実施証明書〉と、青い海と僕らの写真と、〈死亡診断書〉と、〈死体埋火葬許可書〉と、費用は16万円の領収書。

オカアサン、伊東の伊豆高原の海、一匹の飛び魚、一粒の涙から天国にいったオカアサン、オカアサン、オカアサン。

※よく旅行をしたなぁ。
日帰り旅行もよくいった。そうそう、オカアサンが車酔いで吐いたのは、病気する前の僕が運転して、オカアサンが助手席にいたときだ。
帰り、国道1号線の鈴鹿峠の曲がりくねった道で、突然、オカアサンが
「停めて」
僕が道端に車を止め、すぐに車から降りて、草むらで苦しそうに、オカアサンが吐いた。

吐いたのはそれが一回きりであった。

5月29日　日曜日
オカアサン、今日は晴れ。いい天気だ。
ここへきて1週間だ。
オカアサン、机の写真立ての中の笑顔に、問いかける。
僕は、ひまだ。
テレビをかけていても、心がそこに向かっていかない。本も同じだ。
オカアサン、こんなんでは駄目だなぁ。

※僕の人生、なにもかもが、嫌になっていた時分。
僕は、雑誌の「アルバイトニュース」で、北海道の旅館の賄い夫募集を見て、原稿用紙三枚に自己紹介を書いて、先方に送った。その仕事の日給は、なんと最低の1、500

円。

早速返事がきて、採用。季節はたしか3月下旬。

夕方、はした金を持って新幹線で東京。

僕は一度、中学校の修学旅行できたことがある首都東京。

北へ、上野駅から夜行列車で青森駅へ。

朝、津軽海峡の連絡船の上で思う。

「これからいくところは北海道。もう本州には帰らない」

函館本線から分かれ、室蘭本線の虻田駅で、35歳くらいの雇われ社長が迎えにきてくれた。

右に洞爺湖、しばらく走ると、一軒家の旅館があった。

一日目、僕はなんでもやった。朝は、食事の用意から掃除やら、全部やった。夜は、誰もいない、見たこともない大きい風呂に入り、僕は
「とうとう北海道まできた」と、思う。

あくる日、夕方から、親戚一同が集まっての宴会があった。僕は料理を運ぶ。

徐々に酔った夫が、奥さんを痛罵し始めた。

「ごめんなさい」と、奥さん。

親戚は黙って見ている。

夫が旅館中に聞こえる大きな声で、罵声を浴びせ、数発平手で奥さんをぶつ。しまいには救急車を呼んだ。僕はどういうわけかわからず、唖然とした。

あくる日、僕は旅館をやめた。交通費、日給は精算してもらえない。

これから、北海道にいて、どうするか。

三つの言葉が浮かんだ。

一つは、昔読んだ摩周湖の自殺の手記。

二つは、札幌を通り小樽の小林多喜二の世界。

三つは、本州に戻って、また出直しのアパート。

いずれにしても現金ぎりぎりで、底をつく。

結局、青森駅から寝台特急に乗り、右側に日本海を見ながら、大阪駅につく。

これが、僕の独身最後の旅行。

僕はその何日か後に、オカアサンに出会う。

5月30日　月曜日
オカアサン、雨だ、朝から雨だ。

オカアサンが亡くなって、3ヶ月弱、いろんなことがあった。最大の不幸!があって、今の僕はアパートにいる。

オカアサン、思い出は尽きないのだ!

無思想、そんなんでは駄目だ、しっかりしよう。

5月31日　火曜日
オカアサン、一人で悔しい。ちょっと寝られない。

昨日は雨。伊豆ではウグイスはもう鳴いていない？

晴れの朝、高がきて、今はもう電車に乗ったかな。

久し振りの町田界隈。障害者にはいい散歩。まず市役所にいき『住民票記載事項証明書』と『平成27年度/市民税・都民税非課税証明書』を、高にいわれてもらってきた。

それから中央図書館。その後は、以前は町田の家に帰るのだが、今はＪＲ線の相模原駅のアパート。

町田の家へ帰らないのはおかしいだろう、天国へいった、オカアサン。
※ご飯は、冷蔵庫の冷凍室に、常時10個くらい置いてある。真知はラップに包んで平積み、高は食べやすいようにおにぎりにしてくれている。
二人の性格は両極端で、高はオカアサン似、真知は僕似、生活ぶりからして全部違う。

僕はスーパーにいくと、僕の好きなものから買う。

「野菜たべな駄目」と、オカアサンの声がする。

6月1日　水曜日
オカアサン、お・は・よ・う。
今日は6月1日だよ、写真立ての中のオカアサン。
駅近くのコーヒー店にはいって飲む。
やはり、味気ないのだ、一人は。これが現実！

※傷心の北海道から戻って、また雑誌の『アルバイトニュース』を見て思いついた。
「うん、今度は大阪城のソフトクリーム売りか」

行ったこともない大阪城へ。

たしか曇りで、大阪環状線の森ノ宮駅で降りて、真直ぐ大阪城へ。若葉がのった時分。

行ってみると、なんと、大阪城天守閣の真下の売店。

どういうわけか、売店は閉店で、その前にテーブルと椅子が何組か置いてあり、そこに多分社長と思える人と、僕より若い男の面接者がいた。

大阪城を見に来た人が、たまに通った。

売店の社長ではなく、その人はまた貸しの社長。以前は製菓会社の課長をしていて、今は何軒か管理している。

社長は僕を気にいてくれて、採用。

僕は売店の隅っこでソフトクリームを売った。

社長がいうのには、一回の材料で、ソフトクリームを50個とれる。でも僕は、35個しかとれない。

「仕方ないなぁ」と、社長。

ソフトクリームは一個150円。

土曜日の午後からは、たくさんの人が大阪城を見にくる。

オカアサンと同僚の体育教師が、僕に会いにきた。

余談になるけど、体育教師はソフトクリームを2個食べたのだ。

僕とオカアサンの関係。

僕は大阪文学学校に、授業料を払っていないのに、週一回教室にいて、講義が終わったら、まっすぐ飲み屋に直行していた。

その教室の講師は、詩人の倉橋健一氏。倉橋さんは黒ぶちの眼鏡。アパートの部屋で、一ヶ月半僕と一緒に住んでいた人だ。経緯はわすれたが、倉橋さんが結婚して出ていく部屋を僕がが借りることになり、彼が出ていくまで、一緒だった。

オカアサンは、倉橋さんの教室の生徒。

「北海道はどうやった」

結婚したての倉橋さんとは、よく飲んだ。

北海道にいく前も、いった後も、オカアサンのいた教室に通っていた。

大阪城のソフトクリーム売りは17時に終了。

あの日も、オカアサンと体育教師と僕は、森ノ宮駅近くのビルのビアガーデンで、

「乾杯」をした。

大阪文学学校の講師でもう一人、僕にとって「師匠」の松原新一氏。彼はその後、神戸大学教育学部の教授になっている。僕が辞めていない北海道の旅館に、電話をかけてくれたのだ。

6月2日　木曜日
オカアサン、今でも、朝、窓を開けるとくっきりと大山が見え、大山の左側には伊豆の海が、穏やかな色して見えるのだろうか。

オカアサン、町田駅で真知とデート。

一回オカアサンといったことのある回転寿司屋、なんと、一人千円分を食べた。隣のビルの、真知がよくいくコーヒー店へはいった。僕はコーヒーの値段が高いと思った。

僕と真知、父と娘、いいもんだ、オカアサン。

休みなのか、高が16時45分ごろにアパートにきた。帰る途中の駅のスーパーでおかずを買ったが、高が、お弁当を持ってきてくれた。僕の洗濯物を持って帰った。感謝！

ありがとう、と思うひと時。

※僕は当時、ほとんどお金を持っていなかったので、二人の結婚指輪、新婚旅行、アパートの権利金、お金のことはなにもかも全部、オカアサンが決めていった。

僕はアルバイトをしているたが、だらしない生活。酒が飲めればそれでいいという調子。

僕は原稿を書くが、降ってわいたような新人賞の授賞。その直後の脳卒中の病気、僕の人生にとって、まさに最悪。

よく離婚せず、僕によく耐えてくれたオカアサン。

オカアサンは天国にいる。

8 そろそろ限界

6月3日　金曜日

オカアサン、6時にトイレにいき、また寝て結局7時までよく寝た。今朝は高は来ない。

今日もいい天気だ、オカアサン。

橋本図書館。昼は王将で餃子二人前、瓶ビール一本。オカアサン、こんなん天国にはないだろう。

真知から18時10分に電話。高は19時半にきてくれる。

6月4日　土曜日

オカアサン、机のいつも笑顔の写真立てだ。

昨日は、図書館の下のベンチにいた。

橋本駅とイオンをつなぐ陸橋を、いろんな人々が往来する。

オカアサン、寂しくて泣きたいのだ。うん、オカアサン。

僕のアパートは飛行コースから離れて、飛行機雲が見えない。

伊豆の家は、空には飛行機と飛行機雲が、ホントによく見える。

12時半、高一家が来た。孫の七海ちゃんと志帆ちゃん、ホント、いいものだ。写真立てのオカアサン。

6月5日　日曜日

オカアサン、伊豆の二人の家から、今は一人のアパート。何をかいわんや、仕方ない、これも現実。

コーヒーは、いつもオカアサンがコーヒーメーカーで入れてくれた。今日、アパートで初めてスティックコーヒーを買って飲む。これが、意外とうまい。

テレビで『小さな旅』で〈江の島〉をやっていた。オカアサン、江の島は何回もいったね。

午前中は雨で、午後は天気回復。梅雨入りしたのに、明日は晴れ。天気はどうなっているのか。

「どっかにいきたいなぁ」

行先はもちろん、伊豆半島、二人して。

でも半身不随で遠くにいけない、仕方ないなぁ。

オカアサンには内緒の話。

僕は小さいころから、今でも、架空の地図が作れる。

僕はまず紙を置き、国土をイメージする。

首都を決め、工業も、農業も盛んだ。他国が海から攻めてきても、僕の思うがままに戦える。
こんな話興味ないかなぁ、オカアサンには。

6月6日　月曜日
オカアサン、一人の生活、なにもかも一人が現実の生活、オカアサン！
朝、高がきて、「死亡報告」のハガキのコピーを持ってきてくれた。
オカアサン、「死亡報告」の文章は二通り。
僕はごく親しい人向けの文章を作り、高はそれ以外の人向け。

6月7日　火曜日
オカアサン、雨。
16時半に真知から電話で
「明日、お兄ちゃんと伊豆だね」。

21時、高から電話。

「明日、5時に電車で行く」

僕は「了解」し、早く寝ようと思う。

6月8日　水曜日
オカアサン、今、4時だ。待望の伊豆にいってくる。高と電車で、帰りは車。

伊豆だ、伊豆だ、オカアサン！

雨はもうやみ、曇りで、高と一緒に、5時8分の始発で相模原駅から町田駅。

小田急線の町田駅から小田原駅。そしてJR線の熱海行き。そこから見える海は、晴れた青空の下の伊豆の海。熱海駅からは、伊豆急線で伊豆高原駅。

オカアサンが病気する前は、よく真知から
「町田の家にきて欲しい」。

いつもそうなのだ。子供が風邪をひくとか、熱がでたとか、真知は仕事があるので呼び出された。二人は二ヶ月に一度の割合で、真知のところにいっていた。

伊豆に家に着くとすぐに、アパートへの運搬をお願いした業者がきて、洗濯機を運び出した。8月まで車検が残っているオカアサンの軽自動車を、処分するために、高が運転して家を出た。家で一休みすることもなく、すぐ発車した。

車の中で、高にいう。

「僕が死ぬまで、この家を使って欲しい」。高が
「誰も住めない。つらいけど、売るしかない」という。弟の文男もそういう。

「固定資産税やあの地区の管理費や、住んでいなくてもお金はかかる」

6月9日　木曜日
オカアサン、昨夜、夢を見た。
オカアサンが、僕の携帯に電話をかけてきたのだ。
僕は

「オカアサン」と、精一杯、叫ぶのだ！

電話の内容は忘れたが、夢の中で「オカアサン」と何度も叫ぶ。

雨の一日。隣のマンションの四階の窓。カーテンの右端にある細長い黒い猫の置物？

うん、気になるのだ。

オカアサンが病気する前、
僕は体調がおかしかったのだ。

散歩で疲れる。登りで疲れる。帰るときも、どの足を出すのか、右足か、左足か、わからないくらい疲れる
トイレの便座から立つときも
「うんこらしょう」と、心の中で叫ぶ。

でも、オカアサンが死んでから、悪いながらも「異常なし」なのだ。

例えば、今はトイレで立つときは平気だ、オカアサン、もう慣れたのだ。

6月10日　金曜日

オカアサン、今日は夏空の天気予報で、暑くなりそうだ。

うつろな時間、オカアサン、空虚な僕がいる。

オカアサン、一人で何もできない僕が悪いのだ！

20時前、高がきて、オカアサンにやってもらっていた手と足の爪切りをしてもらった。

そうだ、真知は僕と一緒で不器用。でも、高とオカアサンは器用。うーん、器用だ、
オカアサン。

6月11日　土曜日

オカアサン、9時半から11時15分まで、真知一家がきた。
孫の優君が、机の写真立てを見て
「ばば」という。
周囲に見られないように、僕は涙する。

今日高が、仕事帰りにオカアサンの妹の栄子さんに会って、伊豆の家にある仏壇をどうするか、相談してくるという。
20時10分、高がきて「仏壇解体」。
「お母さんは無宗教でよかったなぁ」

6月12日　日曜日
オカアサン、月1回、車で1時間かけて、かんなみ町の障害者半額の日帰り温泉にいったなぁ、オカアサン。
オカアサン、笑顔の写真立てに、「オカアサン」と、呼びたくなる。

6月13日　月曜日
オカアサン、昨日は風が強かったが、今日は雨だ。

しとしとぴっちゃん、しとぴっちゃんの雨、オカアサン。朝は、牛乳と食パン1枚を台所で食べる。情けない僕がいる。

夕方、大山が見えるようになり、ようやく雨がやんだ。

四階の窓から見えるのは、カーブしてそれから真っすぐな道。そこを歩く人々がいる。人々からは、逆に僕はどう映っているのだろう。

右肩が下がり、右足が三歩以上遅い、半身不随の僕なのだ。

20時15分、高がくる。帰りは走っていく、街の夜。

6月14日　火曜日
オカアサン、7時過ぎ、窓の眼下に、段々大きくなってくる高と自転車の姿。僕に気がついて、右手を上げた。
僕も高に対して、左手を頭の上にあげて応える。
高は昨日付けの新聞をポストに入れ、アパートに自転車を置き、駅に向かう。

うん、高と僕、いいもんだ。天国にいる、オカアサン。

6月15日　水曜日
オカアサン、朝、電線の上にスズメではなく二匹のハトが、相手の首あたりを愛撫している。多分、夫婦だろう、オカアサン。
スーパーで揚げた竹輪を、夕食で食べる。
天国には、竹輪はあるのだろうか。

6月16日　木曜日
オカアサン、朝、赤い腕時計を見る。
何年前になるか、伊東市の観光会館で、二人して別々の腕時計を買った。千円の腕時計。
僕は大きい腕時計。しばらくして故障したので、オカアサンの赤い腕時計をゆずりうけた。

バンドまで赤い腕時計。

曇りで、午後から雨だ。

高、お母さんの「死亡報告」の文章はまだできないのか。

6月17日　金曜日
オカアサン、洗濯機をかけて、今は6時半だ。

徐々に天気は回復。

アパートの部屋で、寝転んで体操をしているとき、つい思い出してしまう。

伊豆の家では、寝室のベッドの上、もしくはベランダの木に、餌を置く。シジュウカラが、食べにくる。僕は寝転んで体操をしているのだ。そうだったよね、写真立ての笑顔のオカアサン。

6月18日　土曜日

オカアサン、お・は・よ・う。いつもの朝がきた。

暑いが、伊豆の海にいきたいなぁ。

高が、13時前、三人連れてきた。

町田市の支援センターの人と、エスケアステーション相模原中央の二人。

その施設には「シャワーではなく、風呂室がある」という。

6月19日　日曜日

オカアサン、昨夜は土曜日ということで、道路が遅くまでうるさかった。昨日、高がテレビのBSをつけてくれたので観た。それで、朝の起床は7時10分だ。

伊豆の家ではオカアサンに起こされてしまうが、オカアサン、もう、いない。

6月20日　月曜日

オカアサン、通勤途中の高は、部屋には来れず、ポストに高が作った「死亡報告」のハガキが入っていた。これで完成。

うん、オカアサン。

スーパーから帰ってきて、僕は「ただいま」と、写真立ての笑顔のオカアサンを見ていう。

天国から「お帰り」と、写真がいう。

18時半と19時、真知と能登川の母から電話。

20時50分、高がきて、高が作った「死亡報告」のハガキを、明日郵便局に出す。

高に、オカアサンの携帯に入ってきているメールを見てもらう。携帯の使い方がわからないので。

オカアサン、田辺さんのフラダンスの仲間たちからのメール。

『伊東フラダンスの芙蓉です。

仲間達早野さんのお別れを悲しんでいます。フラも上達し、幸せに楽しんで、リーダー格として皆頼りにしていました。感謝しつつ。』と、オカアサン！
高の携帯メール、見せてもらう。オカアサンからのメール。
『4月12日、21：31、
高志、そろそろ限界
真知、高志、かならず、
来て下さいね』
僕は初めて知った。「そろそろ限界」の言葉。
病室のベッドで、ほんまに、つらい、つらい、だったんだねオカアサン。

9　また、天国に行った君

6月21日　火曜日
オカアサン、最後の言葉「そろそろ限界」……オカアサン、オカアサン。
今日で、オカアサンが死んでから2ヵ月になる。
長い、短い、僕には生活の変化があって、それは激動の日々だった。
8時50分、文男から
「夏休みは、能登川に帰ってくるのか」と電話。
19時頃、真知から電話で
「なくなってから2ヵ月、長かった」
20時20分、高がきてくれる。帰りは自転車、アパートの窓からよく見える。

6月22日　水曜日

オカアサン、6時でカーテンを開ける、曇りの朝の一日。

いろいろな想い出、僕はへたな文章にしかできず、今はつらい、オカアサン。

6月23日　木曜日

オカアサン、朝は雨。そうだ、伊豆も雨、全国的に梅雨。

7時20分、高がお握りの弁当をもってきてくれた。高、すまん。

6月24日　金曜日

オカアサン、帰りたいなぁ。もちろん伊豆の家。

でも、伊豆は坂道が多いし、僕は右半身不随の障害者。うまいことといかんなぁ。

窓の向こう、町の中、鉄塔が見えるよ、オカアサン。

僕の一番の理解者であった、オカアサン。いないのが、なによりも辛い！

6月25日　土曜日

オカアサン、天気は回復傾向。

昨夜は20時頃、高がきた。高と真知に、僕がお世話になるので、一ヶ月分のお金をそれぞれの封筒に入れてわたす。

アパートの一室の僕、天国にいるオカアサン。

午前中、高がエスケアステーション相模原中央の施設につれていってくれるので、僕は、アパートの入口で、車を待つ。

やってきた青い車は、オカアサンと僕が乗っていた軽自動車だ。8月車検切れなので、今は、高のところに置いてあった。

当然！　懐かしい。オカアサンは運転席、僕は助手席だ。

6月26日　日曜日

オカアサン、新緑が映え、大山がよく見える。

10時半から14時まで、真知一家がきていた。

真知がお米を炊飯器に入れ、それから、車で回転寿司とスーパーにいった。帰ってくると真知は、炊けたご飯をラップで小分けして、冷蔵庫の冷凍室にいれるのだ。

ありがとう、真知。

6月27日　月曜
オカアサン、道向かいの電柱の機器の裏側で、多分スズメが巣をしている。

梅雨の晴れ間の朝、オカアサン。

朝、高がやってきた。ようやく僕が作った「死亡報告」の印刷が完成した。

近くの郵便局にいく。

「死亡報告」のハガキ、ほんまやっと出せた、オカアサン。考えたくもない生から死への世界へいったオカアサン。

高のハガキが、もう相手に着いのだろう。

ゆうパックでオカアサンの従兄弟の信男さん、ハガキで学校の母子会の休場幸子から、返答があった。

6月28日　火曜日
オカアサン、梅雨。一人でパンを食べていると、なんにも味がしない。一人、オカアサン。

9時半に「能登川へは?」と、文男から夏休みの件での電話。

三番目の弟の義男から、16時40分に電話あり。

「7月1日にそちらにいく」午後から曇りだ。

20時、高から「今日はいかれへん」と電話。

6月29日　水曜日
オカアサン、朝がきた。雨、天国はどうなっているのだろう、オカアサン。

今は少しやんでいるが、また雨が降りそうなので、駅のスーパーでパンを買ってきて、昼は机でパンを食べる。

オカアサン、20時に高がきた。

6月30日　木曜日

オカアサン、このノートは後1ページ。4月22日から今日までのタイトルが《一粒の涙》の日記を、僕は懸命に書いてきた。

以前の僕なら「てにをは」のある文章を書くのは難しい。そこで、オカアサンの想い出はひとまず置いておくとして、日々の生活をノートに書いた。そして新しいノート《一粒の涙②》を書く。

スーパーから帰ってきたら、机に置いていた携帯電話が鳴る。名前が聞こえてきた、益田さんだ。

僕とオカアサンと益田さんと三人で東日本震災で東北にいき、帰りに二回ほど伊豆の家に遊びにきた人だ。

「亡くなったのは知らなかった」

僕のハガキで知った。

7月1日　金曜日
オカアサン、新しいノートの《一粒の涙②》。

11時頃、何年ぶりかに、山中湖でペンションをやっている義男がきた。

やはり僕と同じ下駄の顔だ。

オカアサンのおくやみを受け、駅前の海鮮居酒屋の磯丸水産に初めてはいった。なんと安い。

その後、少し先のカラオケ店で2時間遊んだ。

義男は最近の歌。僕は昔の歌、好みが合わない。

車で、近くの「天然温泉・いこいの湯」へいく。僕は、シャワーではなく、湯船につかる。最高の気分。

義男にアパートまで送ってもらった。

7月2日　土曜日
オカアサン、昨夜、初めてクーラーの「おやすみ」機能をつかって、朝まで気づかなかった。22時から6時まで、ぐっすりだ、オカアサン。

9時半、エスケアの居宅介護支援の人がアパートにきて、そして高が契約する。一週間に一度、水曜日に、一日中施設でお世話になる、オカアサン。

14時20分、文男からの電話に、僕はいった。

「7月28日から8月11日まで能登川に帰る」

それから、高一家と一緒に、僕の靴を買いに行く。京王線の多摩センターの流通センターで黒い靴を買う。

そうだ、オカアサン。高校の勤務のほかに、多摩市の同じ私立の中学校に、一週間に一度午後だけいっていた。

学校の中で、オカアサンは職員室、僕は車の中で待っていた。すぐ、思い出すオカアサンのこと。

夕食はガスト、19時半に高一家と別れる。

アパートのポストに郵便物がたくさん入っていた。

『前向きで親切で温かい友でした』と高槻市の愛川信子さん。

『正子さんのバイタリティあふれる様子』と文京区の従兄弟の信男さん。

『いつまでもお前の心の中に居るのだからな』と、僕の友人で月ヶ瀬の田中。

僕は涙する。天国にいったオカアサン、ほんま、オカアサン。

7月3日　日曜日
オカアサン、6時半だ、おはよう。
相模原駅に待ち合わせの10時40分、益田さんがきた、オカアサン。

部屋に入って、作ってきてくれたおにぎりと、鳥のあしを食べた。二人でチューハイを飲む。オカアサンの話をした。

こんなことといったら失礼かもわからないが、やっぱり僕には、益田さんよりオカアサンの味がいい。今、帰った、オカアサン。

7月4日　月曜日

オカアサン、伊豆の家の二人での食卓の光景が、頭に浮かぶ。

土曜日は決まってオカアサンの好きな鍋。次の土曜日は僕の好きなおでん。そうそう、刺身で僕はビール、オカアサンは一杯のワイン……うん、もうできない。

朝の窓、オカアサン。

12時半、能登川の母から「葬式は」と、電話。

僕は「葬式はしない」と、答える。オカアサンと二人で決めたことだ。

伊東の海での散骨、オカアサン。

郵便がきた。オカアサンと同じ職場の大東学園の今川秀人さんの封書。
『たいへん大らかな方でいらっしゃって
生徒たちのお母さん的な存在でした。
生徒たちも早野先生には、安心して心を許せていたのではないでしょうか』
そうだ、オカアサンは数学の先生だ。オカアサン、僕は数学が嫌い！
16時45分、ここにきて初めての夕立。
「町田も夕立」と、真知から17時半に電話。

7月5日　火曜日
オカアサン、電話で高に起こされた。朝の7時過ぎに。

「ポストに弁当を入れておいた」

高、いってらっしゃい。

昼に弁当を食べていると、辛い。

一人だ、写真立ての笑顔のオカアサン、本当に僕は辛いのだ、オカアサン！
アパートの窓から外を見ていると、草ぼうぼうの伊豆の家を思い出して困る。

7月6日　水曜日

母さん、赤の腕時計の、赤のバンドが昨日壊れた。
千円で買って、オカアサンから僕にわたった赤の腕時計、オカアサン。
今日から水曜日は、一日中、エスケアステーション相模原中央の施設だ。
入浴、塗り絵、昼食、器械、ゲーム、カラオケ。90歳の人がいて、僕が一番若い。
明日は七夕なので、介護士にいわれて、僕はしおりを書いた。
「天国にいった君」と書いた、オカアサン。
帰ると、藤瀬まやさんからのハガキ。
『残されたものとしての、あなた様の無念さが伝わってきます。
夫の災難、妻としてそれをものともせず、なんらいつもと変わりなく、明るくおおらかに活発に過ごしておられた彼女の心の裏には、あなた様のおおいなる愛があったからこそと、今わかりました』と。

そうだ、オカアサンの死、

「あまりにもあっけない」のだと、思う。

19時に高がきて、僕は施設のことを話した。

もともと高は施設にいくことに積極的で、週2回いったらという。僕は1回でいいと。

僕は昔から、人のいるところが苦手だった。

7月7日　木曜日

オカアサン、天国にいった君、今6時。晴れで暑くなりそうだ。

夜になったら、きっと満天の星、オカアサン。

相模原駅近くの堺市民センターへ参院選挙の投票にいって、アパートに帰る。すぐにクーラーを入れる。

真知から18時半に電話。20時、高がくる。

高は自転車で帰り、僕は窓から見上げる。

星が、天の川が、都会なのでなんにも見えなかった。

天国のオカアサン。

7月8日　金曜日
オカアサン、オカアサンの夢を一回だけ見ただけで、見ないのは何故だろう。どうしてか。

どうでもいいテレビをうつらうつら見ていて、

「テレビでそうめんやっている。そうめん食べたいなぁ」

オカアサンの料理は、夏になったらそうめん。それに炊いた茄子、最高だね。

昼の12時、オカアサンに、野村ジュンコさんから「ゆうパック」が送られてきた。

7月9日　土曜日

オカアサン、雨。天気予報は雨の一日だ。

今は6時半。左側の14階建てのマンションの三階で、雨なのに洗濯物を干している、どういうことだ、オカアサン。

9時、高がきた。その後、施設の北村さんと業者1名がきて、風呂場に介護用の手すりをつけてもらった。

ようやく、シャワーではなく風呂に入れる。取り付け費は2、500円、高、ありがとう。

18時半からお風呂に入った。僕は体を洗い、介護用の手すりを使って浴槽に入り、出ようとした。ところが、浴槽からどうやって出るのか、わからないのだ。右足から、左足から、左手は……、どうやっても出られない。

「どうしょう」

部屋から電話の呼び出し音が聞こえる。

多分、真知からの電話だ。出られないのだ。

「このまま、死んでしまうのかな」

死への恐怖、2時間半、やっと脱出できた。

僕の不随の右足をいっぱいに伸ばす。そうしたら、どうにか、こうにか浴槽から出られたのだ。

オカアサン、心配。また、こんなことがあったらと思うと、不安だ！

7月10日　日曜日
オカアサン、2時間半、高も真知もだーれも助けにきてくれない。本当に一人だ、オカアサン！

一人ぼっちの恐怖。

真知から8時10分に電話がかかってきて、昨日の風呂のことを話す。

10時前、叔母の鈴木知江子さんから「ゆうパック」が送られてきた、オカアサン。

夕方、風呂はシャワーにした。

7月11日　月曜日

オカアサン、起床は7時10分。すぐ高がきて、一昨日の風呂のことを話す。

高は「うーん」と唸る。

昨夜、参院選のことでだれかがいった〈選挙とは、その国の人がどこまでお人よしかを測るテストである〉と。

「天国には、選挙は関係ないなぁ」、オカアサン。

夕方、一人で窓の風景をみる。オカアサン、オカアサン。

18時、真知から電話で「暑いなぁ」。

一人で、食事をしてもつまらない、オカアサン！

7月12日　火曜日
オカアサン、今日は晴れて、明日から雨の予報。そうだ、洗濯しよう、オカアサン。

朝、高がきて、弁当をもってきてくれた。昨日付けの新聞をもって、コーヒー一杯100円の店にいく。まずいコーヒー。

出張帰りで、いつもより早い18時20分に高がきた。

僕はシャワーを浴びていたが、高は合鍵で、部屋にはいっていた。

高は、赤ではなく黒の腕時計を買ってきてくれた。千円の腕時計。お金はもちろん僕が出す。

7月13日　水曜日
オカアサン、ふと、〈一粒の涙〉か〈天国にいった君〉を詩にしようと思った。オカアサン。
18時20分、「明日、町田で11時待ち合わせ」という真知からの電話。

7月14日　木曜日

オカアサン、朝、マンションの周りをツバメが飛んでいる。伊豆の家の庭に、せみは鳴いているのだろうか、お母さん。

大失敗！　僕が悪い、中途半端な操作で、トイレの水があふれている。11時に待ち合わせをすることになっている真知に電話して、車で来てもらって、ことなきをえた。

反省、反省！　20時、高がくる。

伊東のフラダンス仲間の吉村由紀子さんから、ハガキがきた。

《文面から伝わってきます悲しみの深さに、心が痛みます。

お辛いでしょうが、正子さんの為にも、一日一日頑張ってください。

天国からご家族を、あのステキな笑顔で見守っていることと思います》と。

ステキな笑顔のオカアサン。

7月15日　金曜日
オカアサン、昨日のトイレのこと、反省して、今度から水をもう一度しっかり流そう。

7時前、曇りだ、オカアサン。

昼前から雨。空をみていると、伊豆に帰りたいなぁ。

「もう一度、オカアサン、会いたいなぁ」

19時半から20時50分まで、高が洗剤と手袋を買ってきて、それでトイレの床をふく。

オカアサン、超・完璧な息子。

7月16日　土曜日
オカアサン、今日は7時45分の遅い目覚めだ。
能登川の母から8時35分に電話。
「一人で寂しいなぁ」と、母も一人。
文男が名古屋の自宅に戻って、いないのだ。

「うん」と僕。

お笑いだ、どちらも一人、母親と長男。

窓から、今度は右側のマンション。3階建ての三階に完璧な奥さんがいる。洗濯干し、布団干し、高と一緒の完璧さ。そうだ、オカアサンもやや完璧。不器用なのは僕と真知、そういうことだ。

いつもの図書館のベンチ。

下界の往来する人々を見ていると、思う。オカアサンの方が社交的で社会に向いている。

僕の方は全く駄目で、オカアサンが死んで、不器用な僕が生き残った。矛盾だ。そんなことを考えている、オカアサン。

オカアサン、僕は失語症と半身不随なのに、オカアサンは僕に対して最高のもてなしをしてくれた。感謝しきれない、お母さん、感謝、感謝！

伊豆の家の0557-54-1792の電話はもうない。

オカアサンの携帯電話を僕が使っている。伊豆の家に電話するが、ツーツーの音。高がきて、義父が作っているスイカの半分と、高が作ったというトマト6個を冷蔵庫に入れ、車で高一家と回転寿司を食べた。

やはり夏といえば、スイカだ。

明日食べよう、オカアサンの嫌いなスイカだ。

7月18日　月曜日

オカアサン、朝のこの感じだと、今日は真夏の太陽が照りつける予感だ。

冷蔵庫から、朝はトマトを出し、昼間はスイカ。一杯ある、オカアサン。

伊豆の家では、小さいトマトを作っていた。帰れない現実!

18時20分、真知から電話で「暑いなぁ」

「うん、暑い」と、僕がいう。

7月19日　火曜日

オカアサン、6時50分、おはよう、笑顔の写真立てのオカアサン。

東京新聞の7月16日付けに『死者をどう記憶するか』の記事に

「私と同じくらい重みのある生を生きて死んだ存在者として、死者は臨在し、隣在する」と。

なるほど。

7月20日　水曜日

オカアサン、うん、オカアサン。

今日は水曜日なので、9時10分から17時半まで、施設にいた。車での送り迎え。僕の手と足の爪を切ってもらった。

そうだ、僕は37歳のとき、右半身不随で死んだも同然だった。

病気後、オカアサンが実家のある東京にいくというので、ついていった。能登川から東京へ、僕はただついていった！

7月21日　木曜日

オカアサン、雨だ。無数の水滴が、電線から落下していく。それを暑いコーヒーを飲みながら見ている。

一週間後は能登川だ。実家にいる文男に電話して、僕は「たらふく刺身が食べたい」と。

夕方、高から電話。

「雨やし、帰りは寄らない」

7月22日　金曜日

オカアサン、また雨。伊豆は降っているだろう。雨の中、マンションの黒い置物がどうにかこうにか見える。

オカアサンが死んでから、3か月と1日。

僕にいろんなことが起きた。うん、伊豆の家から相模原のアパートへ、オカアサン。

7月23日　土曜日
オカアサン、関東はまだ梅雨明けしていないが、この三日間は晴れの予報。

オカアサン、机の上の『天国にいった君』と書いたしおりと、河津町の足湯につかっている笑顔のオカアサンの写真立て、これをノートに書いている僕がいた。

28日は能登川に、そしてその帰りの8月11日に、高一家と合流して待望の伊豆にいくことになっている！

11時半から14時半まで真知一家がきて、車で食事にいく。帰りのスーパーで、向こうで着る服などをいれた段ボールを、宅急便で能登川に送った。

15時15分、僕は「宅急便が明日着く」と、能登川の母に電話。

文男から16時22分に電話があり

「僕が明日、能登川に帰ってくる」と母がいっているとのこと。
宅急便が明日着くといったのに、勘違いをしている。
老いが目立ってきた母、困ったことだ。
オカアサンが病気する前に
「能登川の母と貢司さん、文男さんは大変だ」
というのを、今、思い出した。
窓を開けたら、20時40分から50分間、本格的な花火がビルの向こうに見えた。
去年、高一家と伊東の花火を見にいった。オカアサン、一杯の想い出！

7月24日　日曜日
オカアサン、今日は晴れで、暑くなりそうだ。そうそう、昨晩、携帯電話の充電を忘れた。
7時、よく寝たはずなのに、すっきりしない。

僕は一回、真知は二回、オカアサンの夢を見た。
「なんというてたか、忘れた」と真知。

7月25日　月曜日

オカアサン、6羽のツバメが自由に飛び回っている。窓の内にいる僕。
ポストに三日分の新聞を、高がいれてくれ、それを持って100円のコーヒー店にいく。

7月26日　火曜日

オカアサン、高槻市の遠藤寿子さんから、便箋4枚の手紙がきたのだ！
《悔しいです》
オカアサン、遠藤さんの手紙！
電車で、堺市民センターへ、都知事選の投票。

もう昔のような思想的な関係はないが、やはり左派に一票いれる。
帰ってくると、高が冷蔵庫にスイカをいれてくれていた。机に昨日付けの新聞がある。
18時20分に真知から電話で、「相模原の施設で残忍な事件」のことを話す。
僕は、そのとき初めて知った事件。
障害者の僕は
「大丈夫だ」という。
真知が「よかった」。オカアサン。

7月27日　水曜日
オカアサン、明日から能登川。そして能登川から伊豆にいく。オカアサン、伊豆にいく。
朝早く、5時45分に起きた。
17時15分、施設からかえってきて、僕はアパートの窓を見る。

20時15分、高から
「明日、お母さんのことで北里大学病院にいく」とのこと。
僕はついでに高に車に乗せてもらい、近くの小田急の相模大野駅まで送ってもらうことに。
そこから能登川へいく。そして帰りに、伊豆だ。うん、オカアサン。

10 二人は一緒

天国にいるオカアサン。
もし、僕が死んだら、真っ先に地獄に落ちるだろう。
天国にいるオカアサン。

僕が地獄から抜け出すのを手伝ってくれて、天国に引き上げてくれるのだろうか。

オカアサンが死ぬなんて、考えられなかった。

オカアサンが何をしようとしているか、僕には大体わかるのだ。

オカアサンは、学校をやめて、それからしばらくして、オカアサンは死んだ。

オカアサンはずっーと「先生」なのだ。

オカアサン、僕が天国ではビールを飲むことを、オカアサンは許してくれるのだ。

伊豆の家の玄関で
僕は「ただいま」というと、オカアサンは「おかえり」という声がする。

高と真知には家族がある。

僕は孤独である。

ちなみに僕の誕生日は3月11日で、東日本大震災の発生した日である。

机の上の、笑顔のオカアサンの写真立て。それは縦横が同じ長さ。ただ左右の縁の幅が、左側は3・5㎝、右側は4㎝。見間違いだろうか。

僕は定規をもって測ろうとはしない。

了

女の呪文

女の呪文

化粧なおした女の前に
男は、
再び現われた。
嘘で作った「さよなら」を
悔いる様子もなく、

『一九七五、大阪文学学校42・43期学生誌』
詩・小堺（早野）正子

狎れ〳〵しく見つめる、視線の中で
女は、
ぬかりなく、エロスを演じ
男の周囲に、
二重、三重、
透明な糸を張りめぐらす。
たとえば、
朝日に輝く蛛の糸のように

この糸は
つもりつもった女の心で、
十年かかって績いだもの。

この糸は
女の恨み
女の淋しさ

張ったばかりの糸は
細くて、柔軟で、
動きに合わせて変形するゆえ
気づかれる心配はありません。

氷るような月夜の晩に
女は
糸に呪文を掛ける。
脛かじりで

気儘な
独りぐらしの十年間に
失った
もっとも大切な心の復活を願って
呪文を掛ける。
男は苦しみのたうち回る。
たとえば、
蛛の糸にかかった蝶のように

呪文の解けるときは
男がやさしさを、とりもどしたとき
女は化粧を落すとき

私の師匠

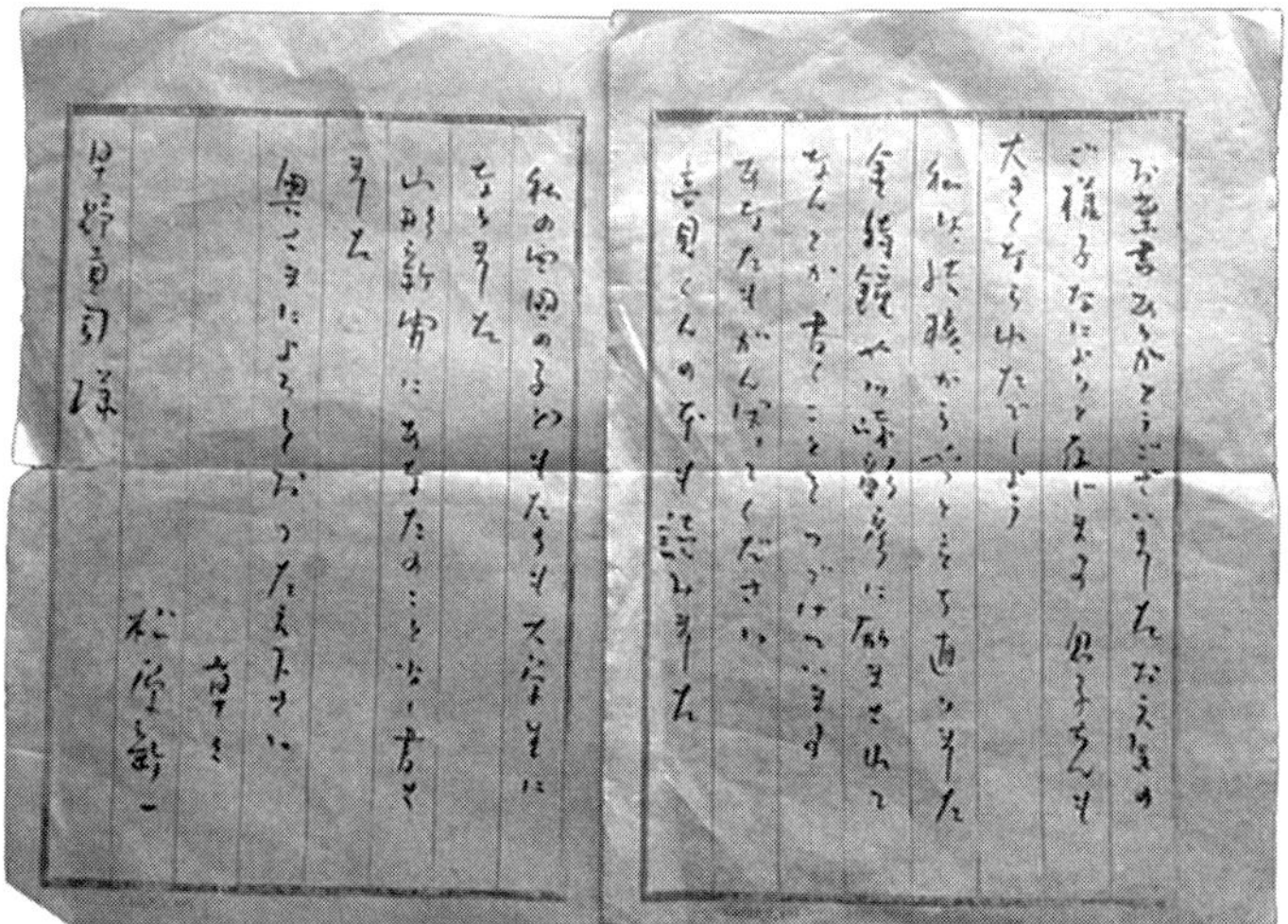
お葉書ありがとうございました お元気なご様子なによりと存じます 息子さんも大きくなられたでしょう
私は眼疾から[illegible]直りました
[illegible]に励まされて
なんとか書くことをつづけています
あなたもがんばってください
[illegible]くんの本も読みました

私の[illegible]の子どもたちも大学生になりました
山形新聞にあなたのことを少し書きました
奥さまによろしくおつたえ下さい
草々
松原新一
早野貢司様

松原新一さんからの手紙

私の師匠

〈どうしゃうもないわたしが歩いてゐる〉

新刊本の表紙の裏に、細字の青い万年筆で書かれた文章。書いたのは作者の松原新一さん。

当時は、夜の大阪文学学校で、松原さんは先生、私は生徒だった。

生徒の私は書店で、初めて松原さんの本を買って、文学学校の教室へ持っていった。松原さんは、ニタッーと笑って、本にサインを書くことを快く受けてくれた。会社員の私と大違いで、細身で眼鏡をかけたインテリだった。

〈早野凡平様〉

松原さんは、当時有名な漫談家の名前をそのままニックネームにして、僕のことをそう呼んでいた。

本は学習研究社から『さすらいびとの思想――人としてどう生きるか』のタイトルで出版されていた。

表紙は

「沼地を大きな白鳥がどこまでも飛ぶ」を描いたカラーの絵だ。

表紙を開けると、カバーの裏側に書かれているのは、序章の文章で

〈どこへ行くという明瞭な目的を定めないまま、なにもかも投げ棄てて、ふっとどこかに行ってしまいたくなる。そんな思いに誘われた覚えは、おそらくだれにもあるにちがいない。現実の生活のなかには、習慣となった日常的な束縛がたくさん人間にからみついて、簡単にそこから抜けだすわけにはいかない。それは、しかし人間が現実にすっかり満足しているということではない。それゆえ、放浪、流離ということは、人間とって

の永遠の願遠の願望であり、憧憬であり、夢である、といってもいい〉

〈どうしゃうもないわたしが歩いてゐる〉と、松原さんが本に書いている通りの、あの有名な山頭火の俳句で、松原さんも使っている。

山頭火の心の故郷は11歳のときに母の自殺で〈母の死をきっかけとして、どんどんなにかの崩壊してゆく過程を体験してゆかねばならなかった〉の、〈低い低い処にこそあった〉

と、松原さんはいう。

文学の駆け出しの私は

「うん、なるほど」と、思う。

私は当時、京都駅の郵便局と目と鼻の先の会社に勤務していた。月5回の宿直は午後11時にいけばよかった。それで、出社前に文学学校に行くことにして、授業料の現金と、小説を事務所に送った。小説は入学の「できたら事項」だった。

そして、大阪文学学校の入学式で、事務所から入学した生徒達の書いた茶色の本が配られた。

本のタイトルは『文集Ⅰ』で153頁。1973年入学の本科38期39期の夜間部と昼間部の生徒の作品。

開けてびっくりした私がいる。

本はまず、〈目次〉があり、〈児童文学コース〉と〈詩コース〉と、〈小説コース〉。

次のページは〈小説　松原新一G〉と書かれており、すぐ隣りに〈『例えば』早野貢司〉

これを見て、私は感激したのだ。

各G（グループ）には三つの作品が載っており、松原さんの教室のなんとトップの作品が私のものだった。

ちょう嬉しい。私の小説『例えば』の内容は、ずーっと先の、どうしょうもない敵の今日で、絶望的なみたいなもののストーリー。

週一回の文学学校の教室で、初めて松原さんに会った。松原さんは、席の中心にいた。最初は『文集Ⅰ』の読書会で、そのトップを切って、作品『例えば』の感想から始まった。

「どうしょうもない、気にいった」と、松原さん。

私と松原さんの関係は、

山頭火の句の〈どうしょうもないわたしが歩いている〉

お互いこんな感じだと思う。

それから、松原さんの個人誌『屋根』の創刊号に、私の作品『ぼくのゆいごん』が掲載されている。

これは、私にとって『例えば』の後に、大阪文学学校の「文集2」に掲載された『あゝ悲しき三枚目』の次に書いた作品である。

個人誌の執筆者の中に、私のような者が入り、

「迷惑でしょう」というと
「そんなん関係ない」と、松原さん。

松原さんは『屋根』の《編集後記》で〈これからも、モティーフの強さにつらぬかれたものを書いてもらいたいと、私の希っている友人たちだ〉と書いてくれている。

この『ぼくのゆいごん』は、一日24時間では足らないといいながら、アパートの机で必死で書き上げた。

主人公はハエで、蚊やゴキブリ等と同じ仲間で、人間に対して闘争心のような感情を持つ。汲み取り式便所の中で、ハエは考える。まさしく「どうしようもない」現実で、真冬の雪を見て、ハエは考える、こんなストーリーだ。

あるとき

「松原さんはどういう生活をしているのか、見てみたい」と思い、松原さんに連絡した。

松原さんのクラスの仲間と一人と、日曜日の国鉄茨木駅で落ち合った。

狭い道路で、駅からきっちり徒歩5分のところにアパート。

一階の一部屋が仕事部屋だった。

「トントン」と、私は扉を叩く。

「どうぞ」と、文芸評論家の松原さんがいう。

二人が扉を開けると、家具もない、壁いっぱいの本棚が目に入ってきた。

「すごい、こういうところで、本を読んでいるのだ」

違う世界の人間が降りてきて、せつせつと言葉の文書をときあかすような、そんな松原さんを感じた。


反対に、松原さんは、私の部屋にも来てくれた。阪急線の十三駅から15分、十三病院と道を挟んだアパートの1階の部屋だった。

そこは、私の大阪での初めての生活。

松原さんは私の師匠だった。


それから松原さんは、茨木市のアパートから名神高速道路の豊中ＩＣのすぐ傍の一軒家に引っ越しをした。文筆家から大学教授になり、松原さんの大学の生徒と私の二人で、松原さんの引越しを手伝った。

そのとき、ちょっとだけ奥さんを紹介してもらった。

私は思う。

「きれいな奥さん」と。


松原さんとは、一度だけ一緒に草野球をやった。茨木市市役所に手続きをして、市役所横のグランドを借りてやった。

松原さんはキャッチャーを上手にやり、私より野球のセンスは上だった。

「インテリなのに、すごい」と思った。
それから、ボーリングも一度だけやった。
和歌山県の白浜町の国民宿舎に、文学学校の松原さんと倉橋さんのクラス合同で泊まったときだ。
松原さんは
「都会流ではなく、田舎のボーリングだ！」といい、
私よりも高い点数をたたき出した。
松原さんは、そういう人です。

夕方、松原さんと一緒に、倉橋さんの家にいったが、留守のため少し離れた公園で待った。突然、ベンチに座っていた松原さんが、小さい声で歌を歌う。

「いつも群れ飛ぶかもめさえ」と、都はるみの歌だ。

松原さんは情緒豊かに歌い、私は聞きほれた。

それから、なにかのおり

「住むにはどこがいいかなぁ」と、松原さんが聞いてくる。

「うん」と、私は考える。

「JRの山崎」

や・ま・ざ・き……。サントリー工場があって、淀川が流れていて、このくらいしか

私は知らない。

なぜそこなのか。

「小説でそんな話があったかな」今となってはわからない。

アルバイト先の北海道の旅館に電話を掛けてくれた松原さん。

私自身、恋だの、人生だの、なにもかもが嫌になっていて、雑誌の『アルバイトニュース』で、旅館の募集を見て、電話をかけ採用された。3月の下旬、結局三日で辞めた。

「どうしているのか」と「北海道にいってみたいなぁ」の両方の意味から、松原さんは

電話してきたのだろう。

残業なしの日は殆どないといった辛い仕事だったが、私は結婚して、妻と小さな子供と暮らす中古の我が家を持った。大阪駅から快速電車で20分の高槻駅で降りる。北出口からのバスに乗って20分、徒歩で7分のところだ。

朝ほど混んでいない夕方の通勤電車のJR大阪駅。電車が入ってきて、少し人が込み合いながら乗り込む。閉じた扉の近くの二人掛けの椅子に一人松原さんがいる。文庫本を読んでいる。

私の結婚式で、スピーチをやってもらって以来だ。

「松原さん」という。

「よう、早野君」

スマートな身体で、黒い額縁の眼鏡をかけている。

「大学からの帰りですか」

「うん」

そのときは、神戸大学教育学部の教授であり、もちろん文芸評論家である。

松原さんは、また引越しして、高槻駅を降りて、南出口をまっすぐ行くと市役所があり、その付近に住んでいるとのこと。私の行ったことがない住所だった。


快速電車は淀川を渡る。私は、見るからに暗い影の松原さんを見た。

「ちょっと相談があるので、どこか喫茶店に入って欲しい」

「深刻そうな話に思えた。松原さんはどうしたのだろう」と思い私はいう。

「喜んで」

改装中の高槻駅の改札を出て、すぐ二階の、これまた改装中の喫茶店に入った。その喫茶店は24時間営業の店だった。

向かい合わせに座った。コーヒーが運ばれてきても黙ったままの松原さん。思い切って切り出した。

「すべてを捨てるつもりだ。評論家も教授も」

「これは重大なことだ」

啞然とした私。

「住むところは、寒いところではなく、暖かいところがいい」

「えぇ」と、松原さんはなにをいっているのだろう。

「九州がいいなぁ」

よくわかっていない私は、

「そうだ、倉橋さんだ」と、思い
「松原さん、倉橋さんにこの喫茶店に来てもらいます。今、連絡いれます」といい、
喫茶店の入口に置いてある公衆電話に、私は走った。

詩人の倉橋健一さんは、私と同じ高槻駅を利用。ただ違うところは、線路の反対側で、
バスに乗っていく、淀川近くの柱本団地だ。

「もしもし、倉橋さん」

「凡平、なんや」と私のニックネームをいう。

「実は」と、私。

倉橋さんは、私の結婚式の仲人。大阪文学学校の倉橋さんのクラスに私の妻がいて、私が文学学校を終了しても、倉橋さんのクラスに出入りしていたのだ。


20時頃、喫茶店にギラリとした眼鏡の倉橋さんがきた。

私は、松原さんの表情が読み取れない。

倉橋さんは、私の横に腰かけた。

「柱本団地からバスで」と、私。

「タクシーできた」と、倉橋さん。

「松原さんは教授を辞めるつもりだそうです」

「倉橋さん、私はそのつもりだ」

三人は沈黙したままだった。

私は「松原さんは文学的に行き詰ったか、二度目の結婚をしているが、彼女との不倫か……」と、思わざるを得ない。

彼女はどういう子か、一度だけあったが、よくわからない。後日、倉橋さんから
「彼女の父親は、毎日新聞の偉いさんらしい」と、聞いた。

「仕方ないなぁ、松原さん。金さんを呼ぼう」

倉橋さんは公衆電話をかけにいった。松原さんは難しい顔。私はどうしていいかわからない顔。


話はそれるが、金さんとお会いしたのは、松原さんと一緒に家にいったときだ。深夜、松原さんが、金さんのところにいこうといいだした。国鉄の吹田駅から線路沿いにまっすぐいき、かなり歩いて二軒並んで建っているうちの二階建ての家だった。線路は大阪方面に続いている。

私は、在日朝鮮人で詩人の金時鐘さんと出会うのは初めてだった。典型的な大陸系の朝鮮人顔のひとだった。

松原さんと私は一階で寝ていた。そして朝、テレビで「国鉄はスト決行」のニュースが流れていた。

当時の私はストライキをひそかに感激していた。そして同時に、会社を辞めることになった日だった。

宿直だったが、ストの中会社にいくのも面倒だった。金さんの電話を借りて、松原さんに会社に連絡してもらった。

「有給休暇で、今日休みます」

これで有給休暇は使い果たした。

私の勤めていた会社は、日本有数の大会社で、京都駅近くの支店だった。無論社員も多く、ピンからキリまでおり、私はキリの代表みたいなものだった。

私は、会社の退職金で、一日中「小説を書きたい」と思い、結局、そのまま会社を辞めてしまった。

そして京都駅の二階の書店で、月刊誌『新日本文学』の広告に文学学校が載っているのを見つけた訳だ。

二人は金さんの家をおいとまし、線路沿いを戻った。目の前の光景は、昨日まで常に電車が走っていたのに、今日は電車の影もない東海道本線の線路が続いていた。


話を戻す。喫茶店に、金さんが22時ごろにきた。

「急いでタクシーできた」

金さんはおしゃれな眼鏡をかけ、隣に座る松原さんをじっとにらむ。

倉橋さんがよくいっていた。

「長男は金さん、次男は僕。三男は松原さん」。

私にとって最高傑作は、松原さんが冬樹社から出している私小説作家論の『「愚者」の文学』だ。

〈ひとくちに、道に迷った、もしくは道を踏みはずした文学者の生きかた……道を踏みはずしたというのは、生活現実の秩序を支配する時代のモラルの一般的な水準からの逸脱という意味である。それを仮に、愚者と呼んでおきたい〉

また、〈あとがき〉で、

〈この本を、評論のかたちを借りた他ならぬ私自身の私小説として書いたつもりだ、といっても過言ではない〉と。

評論家の、私自身の私小説の、男と女との関係の『「愚者」の文学』

「なにもかも捨ててしまうなど、清算主義ではないか」と、金さん。

後で知ったことだが、当時松原さんは、忠告に耳を傾ける余裕すらなかった。

金さんと倉橋さん、松原さん、堂々巡りの感で、結局なにも見えてこず、

「松原さんの勝ちだ」と、残念だが私は思う。

深夜の2時、わけもわからないままに、喫茶店を出た。金さんと倉橋さんはタクシー、

松原さんは歩いてアパートに帰る。

〈すべてを捨てるつもり〉と。

私が会ったのは、そう、これが最後だった。

私は松原さんが、いい意味での憧れだった。

＊　＊　＊

松原さんは、講談社出版『怠惰の逆説』の〈あとがき〉で〈その日その日をどうにかしのいでいくだけの暮らしだったが、やはり文学から離れることはできなかった〉と、書いている。

それから、久留米大学文学部教授として、生活していることを知った。

四人で喫茶店を出てから、一度だけ私の家に、夜に電話をかけてきた。

「お金を貸して欲しい」

「松原さん、ど・どこにいてはるの」

「久留米で生活している」

「あの、彼女は」

「一緒だ」

私は、お金のことより、関西に戻ってきて欲しい。

「松原さん、彼女と別れて」

「駄目」

松原さんの言葉を最後に聞いたのは、それが最後だった。

すぐ、倉橋さんに電話する。

「そうか、やはりな。松原さんは、凡平に限らず、他の友人にも電話している」


私は高槻市から滋賀の能登川町に引っ越しした。無職で、実家の二階の机で、せっせと二回ほど小説を書く。

『案山子の証言』と、次に書いた『朝鮮人街道』

松原さんから見たら、文学量は月とスッポンの差がある。

久留米の松原さんはどうしているのと考えていた。

運よく『朝鮮人街道』で、私は文學界新人賞をとった。そして、東京での文芸春秋の表彰当日、脳卒中で倒れた。


松原新一さんが、1992年3月6日の山形新聞の切り抜きを送ってきた。私の授賞のことを書いた記事だった。

『ある失語症の作家・荒野こそ文学の故郷』で、自身の〈昨年の六月、私は肺結核の治療のために入院生活を送ることになった〉と。

入院生活で、松原さんが書いたものである。

〈早野氏が苦境にあって文学を手放せぬのも、自己を荒野に在るものと感じるなにかがあるからだろう。繁栄の社会にあって、荒野こそが文学するものの故郷ではないか。早野氏がどういう文学の言葉を紡ぎだしてくれるか、辛抱づよく待ち続けたいと思う〉。

松原さんが私に向かって書いてくれたが、

「もう文学にしてしまうのは、もうよそう」

と、私は普通の生活にしてしまう。


倉橋さんから見せてもらった2013年12月3日の写真。それは倉橋さんが松原さん危篤の報で、金時鐘さんとお見舞いにいったときのもの。松原さんの姿は見るに忍びなかった。

そうだ〈どうしやうもないわたしが歩いてゐる〉の永遠のテーマとして、松原さんが私になげかけている。

やはり、松原さんはいい意味での、あこがれだった。

了

朝鮮人街道

（第61回『文學界』新人賞受賞作）

この道を、朝鮮人街道という。

何の変哲もない穴ぼこだらけの単調な道。ときおり通る自動三輪車の砂煙が、馬車クさんを悩ませる。鉄道線路に平行した曲折のすくない、距離感のない道。そしてQ町の西横切るこの道は、K市を通り国道に行きあたって、日本海の軍港都市Rへとつづく。

手鍋をさげた朝鮮人たちが、ぞろぞろ歩いてきたのだという。真夏の午後。田仕事の百姓たちがただもう呆然と見送るしかなかったという、彼らの一団が占拠した道。家財道具と子どもたちに背中と両手を塞がれた女たちはたくましく、男たちのたてる足どりは家族をはげまして、彼らが北の方角からやってきたという。満天下の星の夜。彼らは祖国の歌をうたい、何やら叫び唸り、すべてが朝鮮語で野宿した日。以来この道のことを、人々は朝鮮人街道と呼ぶようになったのだと、母親から聞かされた道。

彼らは、この街道の思い思いのところに部落をつくっていったという。となりの町にも、そのとなりの町にも、バラックを建てた。Q町では、町外れのN山のふもと、街道からすこし入ったT川べりの一画に、彼らの部落ができた。戸数にしておよそ五十。そこには一本の楡の大木がそばだっていて、街道からよく見えた。

Q町の人々は、子どもたちにその楡の大木に近づくことを戒めた。なにをされるかわからぬ、あそこは醜悪な異物が棲む。大人たちもまた、よほどのことがないかぎり足を踏み入れることを敬遠した。下卑た笑いと金切り声。実際あそこにあるのは、暴力と豚と、ニンニクと食べ物が腐った臭い。トタンの錆粉と、ボロ布と糞尿と、鋭利な刃物と汗のすえた臭い。それらがまぎりあった臭い。強烈な悪意。悪意がたちこめる、忽然と現出した部落。チョーセン部落。

朝鮮人街道では、今日もまた馬車曳きのパクさんが砂利をはこんでいた。

1

保のクラスには、金、張、李、そして女の金、高と、五人の朝鮮人がいた。放課後、彼らは奥まった理科室のとなりの、空き部屋で特別授業を受けるのだった。

それが何やらひどく秘密めいて感じられた。

じゃんけん……「チェッ、おれけえ」正次が偵察員に決った。

「見つかったら、おれ、ぶんなぐられるんちゃうやろうか」

しぶる正次を送りだして、保たちは下級生をけちらした空間で野球をはじめた。二学期にな
ったばかりの運動場はどこも満杯だった。

あいつらは許せない存在だった。あいつらのおかげで、この西小学校だけプールができないのだった。すくなくとも保たちはそう思っていた。健一の父親がはっきりいったというのだ。あいつらは普通人でないのだ。

「プールをつくったら、それこそあいつらは、プールを風呂がわりに使いよる」

その一言で、保たちは充分納得できた。

そういえば夕方、N山へ遊びにいった帰りなど、あいつらはT川へ入っていた。あいつらが肩まで水に浸っていたのを目撃した。

「タオルなんかで、背中こすっとったぞ」

「生意気に、石鹸かてゴシゴシつけとったぞ」

「頭もチンポコも、いっしょに洗うんやぞ」

「洗濯だってするんだぞ。あいつらの洗濯の仕方知ってるか、こうやって、木の板でバンバンたたくんやぞ」

T川がそのうち腐ってしまうぞ……皆が口々に、プールのできない原因を裏づけていった。見たことも、大人たちから聞かされたこともごっちゃになって、なんでもかんでも、わるいのはあいつらだと決めつけた。

はげしい夏の残滓が、白球を追う保たちの肌をなおもじりじり焦がした。それにしてもと、保たちは思う。どうしてあいつらは野球がうまいのか。

張と金の二人。自分のグローブを持たぬ張など、ときには素手のまま守備位置について捕球した。彼の仲間うちでグローブの都合がつかなかったときなのだろう。もっとも張は、保たちに貸してくれともいわなかったし、また誰も貸そうとはしなかった。しかし皆は、張の小柄な体の、その無言のままの迫力にひそかに圧倒され、ファイトぶりに何度もため息をつくのだった。実際、張の打球は群を抜いていたし、金はキャッチャーマスクがなくても平然としていた。
五、六年のクラス対抗の野球大会が間近に迫っていた。大会までは体育の授業も野球で埋められた。保たち五年二組の下馬評は、六年生の三クラスをさしおいて高かった。
ほんとうは張も金もレギュラーなぞにしたくなかった。しかし二人を入れてこそ、保たちのチームは強いといえた。保たちは矛盾していた。二人はたのもしかった。あいつらもくそもなかった。金がキャッチャーでいてこそ保は思いきって投げられたし、張の打力なくしては得点もままならなかった。

その張の打順は八番。九番が金。せめて打順なりと、あいつらを主軸に据えることにこだわった。張の四番をもっともつよく反対した健一がサードで四番。

健一は、今年プロ野球に入団した人気選手と同じでないと我慢ならなかったのだ。彼の家には、皆がうらやむテレビという神器があった。打撃フォームもスローイングも、すべてそこから熱心に真似ていた。健一の家は、もともとが大地主で資産家。父親は醤油会社の社長で町会議員、おまけにＰＴＡの会長と、見事な町の有力者であった。そして健一自身も二学期のクラスの級長。早々と子どもたちの自主性にまかせた担任教師にかわって、その発言権はおのずとつよかった。

したたる汗にかまわず健一がノックをつづける。保たちは勝ちたかった。

「たとえ野球といえど、負けたらあかんのや」

それが大人たちからたたきこまれた、保たちの精神だった。

ぽっかり浮んだ白い雲の流れがはやかった。

偵察を終えた正次が、おおげさに口をパクパクさせて輪の中心にいた。

……チョーセンな、チョーセンの若い先生に教えてもろとるんやで。

……チョーセンな、ぜんぶチョーセン語で喋っとるんやで。

……なんやさっぱりわからへんで。絵文字みたいなけったいな文字やで。

……チョーセンな、チョーセンの顔しとるで。

廊下からのぞき見したという正次の話は、チョーセンを連発するだけで、保たちには結局よくわからなかった。

2

五年生になって、保は夕刊配達をはじめた。以前から欲しかった自分の自転車の月賦を払うためだ。

Q駅に行くと、すでに連中が荷物受け渡し口でたむろしていた。正次が同じY新聞の二人の肩越しから保を見て、ニッと笑う。他は皆六年生で、A新聞が三人。M新聞は部数がすくなく保ひとりだった。

夕刊紙は上り一五時四二分着の列車ではこび込まれてくる。窓口で無造作に受けとると、皆が競うようにそれぞれの部数をその場でかぞえはじめる。保は正次がかぞえおわるのを待って、受け持ちの一部を交換する。線路から東を正次、西を保。店主には内緒の、二人の取り決め。皆が町中を、Q駅から一目散に散っていく。

人口八千あまりの町。東へのびる商店街の町並みを尻目に、踏み切りをわたりきると、いきなり高いコンクリート塀がつづく。昼間母親が働く大手の紡績工場。その塀が途切れた中ほどあたりが正門。正門横の守衛室の新聞受けに、Y新聞とM新聞を一部ずつ投げ入れる。ぶっきらぼうな守衛の横顔。なおも塀に沿ってペダルをこぐ。T川に突きあたって大きく迂回する。工場の塀が背後になる。チラッと母親のことを思う。

「本工とまったく同じ仕事をしているのにね……日給だし、おまえの授業参観日にも休めないし……ボーナスだってでないし……」

今夜もまた母親は、疲れきったままの表情で愚痴るのだろうか。

鉄工所の溶接バーナーが閃光している。その軒つづきの経営者宅にM新聞。三軒となりの農機具販売店では、例によって待ち伏せしていたように若い女の事務服が、Y新聞をひったくっていく。陰険な女。汗ばんでくる手のひらにハンドルがすべる。

高成花が向うから歩いてくる。右手に買物籠。保に気づいたようだが、保は無視して通りすぎてゆく。高成花のしゃんと背筋をのばした歩き方。なまあたたかい風が頬をよぎる。

橋のたもとの建て看板には、現在放映中と、次週放映予定の映画ポスター。左手に楡の大木が見える。

T川を越すと、そこは朝鮮人街道。Q町唯一のガソリンスタンドにY新聞。この先の街道沿いには、製材所の建物が他に一軒ぽつんとあるきり。見わたすかぎりの田園風景。その所々にかたまった村々の家並みが見える。I村にM新聞一部、Y新聞三部。O村にY新聞一部。F村なし。A村にM新聞一部……。

軽くなっていく自転車の前籠がはずむ。スピードアップ、スピードアップ保はもうそれしか考えない。南からぐるっと北の村にまわって、ふたたび朝鮮人街道に出る。後は反対側からQ駅を通って、商店街外れの店に予備紙をとどけるだけだ。

街道では、いつものようにパクさんが馬車を停めて待っていた。Q町のもっとも北寄りの地点。パクさんの家は、さらにまだ北へ行った大川のわきにあるというのだが、保はまだ一度も行ったことがない。

「やあ、タモツくん」

土埃にまみれた白い顎鬚。まっ黒に陽焼けした麦わら帽子の下の顔が、ぎこちなく笑っている。

「はい、パクさん」

予備紙の一部を、保は自転車に跨ったまま前籠から差しだす。パクさんの黒さにはかなわないやと、保は思う。

「すまんな」

新聞を受けとるときのパクさんの眼は、ギラギラ光る。保がもっとも配達のしがいを感じるときだ。パクさんは、さも大事そうに座席横の布袋に入れる。新聞でいろいろな勉強をするのだという。

「乗るかい？」

「いや、今日はやめとくよ」

パクさんのお礼の証は、保を馬車に乗せることなのだ。

「じゃあ、また明日」

「ありがとうよ」

馬は、所々おできができたようにハゲていて、くたびれた息を何度も吐く。そして主人と同じように痩せていて、車輪の軋みは彼の悲鳴のように聞える。

保は走りながら、びっしょり肌に張りついたシャツに片手で空間をつくり、風を入れる。保は、予備紙の一部や二部、店主にわかりゃあしないと思っている。保の秘密。パクさんは同じ朝鮮人でも嫌いじゃない。

それにパクさんは、あのチョーセン部落の朝鮮人がくるまえから、町に住んでいたただひとりの朝鮮人。そう母親から聞いた覚えがある。その証拠に、パクさんは連中といっしょに住んでいない。

店に寄って、正次の家の、長屋のまえを通る。このあたりの一画は、健一の家の借家。彼の、青いペンキがはげた自転車がすでに帰っている。ちょっぴり誇らしげな、保の真新しい自転車。保は、ペダルを踏む足に力を込める。天理教の教会を横切り、バス通りを左折して、坂道をわ気にくだっていく。

3

張は、粗暴な男だった。いつも怒ったような、きびしい眼つきをしていた。それにくらべ金の、大柄な体の上の笑顔は人をひきつけるものがあった。左頬の、体と不似合な片えくぼのせいかもしれない。

「キンカン」皆は彼のことをそう呼んだ。キンカンは、きれいに刈りあげている丸坊主頭を、左の手のひらでくるっと一回転なでる。彼の癖だ。その度に、皆は揶揄するように笑う。キンカンの顔が、すでにまっ赤だ。

「なんだ、こんな問題、一年生でもわかるぞ」

担任教師ですら、笑いを嚙み殺すのに苦労している。唇の端がヒクヒク動いている。

キンカンの顔が、いっそうまっ赤になっていく。さらにはげしく、くるりくるり頭をなでつづける。保は、やはり笑いながら、キンカンの腰あたりの右手の指先が、小刻みに震えているのを横の席から見ている。そしてついには、「うっ、うっ……うっ」と、キンカンは吃ってしまうのだ。ドッと堪えていた笑いが声をだして吹きだす。

保は知っていた。金のノートを見ればわかるのだ。金は、わからないのじゃない。指名されると、どぎまぎして、声にでないだけのことなのだ。

哄笑は、嘲笑にかわって尾をひいていく。

「やっぱり、キンカンは、アホやな」……本来的に朝鮮人はアホなのだ……それは、皆が声にだしたりはしない胸をなでおろす瞬間。

そんなときもう一人の女の金は、顔を必死でうつ伏せているし、高は、キッと前を睨みつけているだろう。張は悠然と、鼻糞をほじくっているにちがいない。そして斜め前の李は、素知らぬ顔でぼんやり窓の外を眺めている。そうでなくとも彼は、口数の極端にすくない表情の動かない男だ。度の強い白縁の眼鏡。部厚い唇が鈍重そうな印象を与える陰気な男。

「キンカン」どことない親しみと軽蔑が、複雑にまじりあった呼び名。「キンカン」彼は怒ったためしがない。笑顔がよく似合う金が、着席してしかめっ面をしている。

同じ黒板の問題を、今度は正次が答えられないでいる。正次はあてずっぽうな数字をいう。「おまえも一年生からやりなおせ」「屁ばっかしこいとるさかいや」「ミヨちゃんが泣っきよるぞ」……でたらめな正次の答えに、皆は明るい笑い声とともに野次をとばす。金のときは、ただひたすらに笑うだけだった皆。

「ナイスボール」

金が大きくうなずいて、保に投げかえす。

「うん、大会までこのままの調子やとええな」

保が金に応える。

体育の時間は保たちのクラスだけなので、思う存分グラウンドが使えた。反対側では女子がソフトボールの黄色い歓声をあげている。主役は、高成花だ。彼女のカモシカのような足は四年生のとき、百米と二百米の校内記録をすでに塗りかえている。それに、外野まで打球をとばせることができるのは、高だけだ。

便宜上席順で二手に分かれて試合をすることにした。健一は、大会の正選手とそうでない者というふうに、はっきり色分けしてやりたいらしかった。しかしそれでは第一おもしろくなかったし、健一のいうことならなんでも従順な秀夫でさえ、彼の意見を後押ししなかった。担任教師は女子にかかりっきりで、男子の方へ足をはこんだためしがない。教師などいない方がいいに決っているが、皆は一方で「助平教師」と腹の中で思っていた。

戦力のバランスをとるために、保はファーストにまわる。暴投ありトンネルあり、エラー続出の大乱戦。さらに判定をめぐる小競合い。そんなときは、女子の声にからむ教師のひときわ大きいはしゃぎ声を、怨まずにはいられない。

「キンカン、もっと気楽にいこうぜ」

大きな空振りをした金に、保たちは手拍子をおくる。

「キンカン、キンカン、キンカン……」

声援するほどに金は、バッターボックスのなかでまっ赤な顔になって力んでいく。それが見ていてよくわかるものだから、なおおかしい。

「キンカン、頭の先から湯気がでとるぞ」

保たちはさらに強く声援を浴せる。

「キンカン、キンカン、キンカン……」

金のきまりわるそうな大きな体。ふくらんだ鼻孔。もりあがった右肩。突っ張り気味の腕。

背後の陰にこもった、小さい声。

「チョーセンなんか死んでまえ」

棘のある、背後の声。

乾いた音。芯でとらえた金の打球が、低いライナーになって右中間を破っていく。

ふり向くと、無関心な明男の顔。冷めきった眼。人を小馬鹿にしたような口もと。

鼻持ちならぬ奴、と保は思う。保はこの明男が嫌いだ。一学期のときの級長でクラス一の秀才、稔にいつもへばりついている奴。野球なんて、遊びを軽蔑している奴。保にとってもっとも苦手でわからぬ、〈ラジオ技術〉とやらの雑誌を、稔を通じて得意そうにひけらかす奴。

明男はいま金の三塁打で生還した稔をつかまえて、さっそくまた今月号の雑誌の話をはじめる。野球に、もっと熱中したいという稔の顔。運動神経はまるでだめな稔だが、誘えば保たちといっしょに遊んだ。明男のフンといった、保とあった目線。

李が皆からひとり離れて、ぽつねんと座っていた。彼はこんなときにもいつも、いったい何を考えているのだろう。眼鏡の奥の二つの眼。

二塁へすべりこんだ勝久とタッチをした正次が、はげしく言い争っていた。肝心の塁審の秀夫が、きょとんと双方を見やるだけでどちらとも決めかねているのだ。すると健一が我慢ならぬとばかりに三塁の守備位置から駈けつけてきて、アウトだと秀夫を促す。うらめしげな勝久の顔。元気よく秀夫がいう。

「アウト」

保の抜けるかと思われた鋭いライナーを、張がとびついて好捕する。

「ちくしょうめ！」

保は片足で砂をけりあげる。張が、授業用の数すくない学校備品のグローブを、高々と頭の上へ差しあげる。皆の、称賛の、ため息。めったに笑わない張の、口もとがほころんでいる。

「あっ、飛行機だ!」

誰かが大声で叫んだ。皆がそのままの位置で、いっせいに天を仰ぐ。どこまでも青い空に、一筋のひこうき雲が弧を描いている。皆が我を忘れたように、無言のままで見上げている。束の間の空に、それはN山の頂きへと消えていく。

4

何かしら考えこんでいるふうであった。ここ数日、母親は沈んでいた。保がわけを聞いてもただぼんやりして、こまったような複雑な表情を浮かべるだけだった。日頃はとても口うるさい母親。

保が「風呂へいってくる」と声を掛けても、「ああ」とあいまいにうなずいたきり、母親は台所で食器を洗いつづけている。

表へ出ると、雑種のタロウが鼻をならす。もとは野良犬だったのを保が拾ってきて飼っているのだ。兄弟のいない保にとって、タロウは淋しい気分を紛してくれる。奴のちんまるっこい眼に、玄関灯の裸電球が映っている。

自転車をひきずって、大家の家の横を通っていく。脇に農具が整頓されて置かれている。どんと積まれたわらの臭いが鼻をつく。湯を使う音が耳に聞こえてくる。中学生の息子の、鼻唄をうたう声。

道路に出て、保ははじめて自転車に跨がる。家に風呂があったら、保はどんなにいいかと思う。保の家の八畳一間と台所は、この農家の離れを借りているのだった。どこから飛んでくるのか、自転車の前照灯に羽虫が群がる。ときおり顔まであがってくる奴を、保は手の甲で払いのける。暗い農道の向うに、下り列車の光の帯が走りすぎていく。

稔の家のまえを右に折れる。二階の、稔の部屋の窓から、電気スタンドの灯りが洩れている。秀才は、いつもああして勉強しているものなのだと、保は思う。彼の家は、夜目にもハイカラに見える。この町ではめずらしい洋風造りの建物が、濃い影になってもなおあたりに異彩を放っている。

「稔くんの家は、文化的生活やからな」といったのは、明男だったろうか。文化的生活はともかく、せめて二階が、いやもう一間、自分の部屋というものが保には欲しかった。それにあの窓の、カーテンというものがうらやましくて仕方がなかった。

薬屋を折れ、駄菓子屋の角を曲がると、向うから歩いてくる秀夫の父親に出会った。左腰のすこしわるい彼の歩行にあわせて、空べんとう箱が小さく鳴っている。彼が、健一の父親が経営する会社で働いていることを、保は健一から聞かされて知っていた。今夜もきっと、残業だったのだろう。果物屋の店先からあふれだした光が、彼のくたびれた顔に射しこんでいる。保はかるい会釈をおくる。

保の母親だって、同じ顔して帰ってくる。機械にもてあそばれた顔。紡績工場の臨時工の顔を切り換えられないままに、遅い夕食の仕度にとりかかる。残業をしなければ、親子二人食べていけないのだと、母親は肩で大きな息をする。毎日、最低二時間以上の残業……それが自らに課した母親のノルマ……。

自転車の前籠に入れた石鹼箱が、カタカタ鳴りつづけている。右に左にハンドルを振って、保は加速をつけていく。銭湯は、Q駅をすこし南へ入った、道路から奥まったところに一軒だけあるのだ。

看板灯の下ですれちがった、高成花の洗髪したらしい髪の匂いが、まだ鼻のなかふかく漂い残っている。この時間なら、ひょっとしたら彼女に会える……保はそう思っていたはずだ。ひそかであるにせよいつも銭湯へいく時間を、期待で推し量っていたはずだ。なのに、皆のなかでは何でもないのに、いざばったり会うと、保は彼女を無視してしまう。どうしてそうなのか、保は自分でもよくわからなかった。素知らぬふりして、保は高成花の傍を通りすぎてしまう。「おかしな人」彼女は、きっとそう思っているにちがいない。そしてその後の一時、保はフッフツとした、いいようのない自責の念に悩まされるのだった。彼女の短めの髪。耳朶に沿ってながした髪の匂い。高成花のきびきびした後ろ姿。

もっともよく混む時間帯であった。湯槽の縁の二辺をぐるりととり囲んだ人々のなかに、何人かの朝鮮人の顔が見える。裸体に、浴室の喧噪がまといついてくる。

どうにか自分の空間を確保すると、保は顎まで湯に浸る。すでにそれとわかる垢が浮いている。四箇所しかない洗い場ではどうにもならず、皆が直接湯槽から湯をくんで体を洗っている。あつい湯。冷水の蛇口をひねると、きまって傍にいる大人たちが文句をいう。自由にならない湯加減。この間から狂ったままの、温度計が二八度を指している。

「おぅい、あがるぞ」見かけない若い男が、女湯に向って声をかけている。即座に「はぁい—」と応じる、境の壁の声。語尾をながく引っぱった若い女の声の余韻が、タイルにひびいて、まわりの喧噪にかき消される。あがり戸のガラス越しに、衣服を脱いでいる二人の中学生の朝鮮人の顔が見える。一人は張の兄のようだ。

やっと湯槽の縁のひとつが空いた。保は急いで湯からあがりタイルの床に、ペタリとじかに坐りこむ。人をかきわけるようにしてくみとった湯を頭にかけ、石鹼ごと頭にこすりつける。おそろしく泡だちのわるい、安物の、匂いのない石鹼。保は、街頭ポスターなどで宣伝している映画俳優が使うというG石鹼を、一度は使ってみたいと思っていた。外見からでもそれとくらべて、組末な紙に包まれただけの石鹼。

保は執拗に髪の毛をこする。どうかすると右肱が、となりで洗う人の肌に触れる。すっかり観念して、保は泡のない頭に湯をぶっかける。乳児の火のついたような泣き声が、あまり高くない天井に反響している。

高成花の微笑を思いだす。あの意志の強そうな唇からこぼれた、白い歯が忘れられない。保だけの胸のうちの秘密。

Q町に越してきて間がない、保が三年生のときだった。保はそれまで、母親といっしょに女湯に入っていた。それに町の様子も不案内だった。

そのときも相変わらず混みあっていて、母親とならんで坐れなかった。母親は洗髪するのだからと粘り強く待って空いた洗い場で、背中を動かしていた。成人女子が頭を洗う場合、入浴料とは別に十円いる。番台で洗髪料と引き換えに貸しわたされる大きな金だらいは、支払いの有無を見分けるためだ。蛇口からのきれいな湯を存分に使わなければ損だ……母親の主張が、洗い場でたっぷり時間をかけていた。

保は湯槽を背に頭を洗っていた。石鹸が眼に滲みて、あわてた洗面器が宙で湯を探していた。そのときだった。突然、重量が消失した。

ふり向く間もなかった。うしろの怪訝な事態をのみこもうとするよりもはやく、なだめるようにそれは優しく、保の頭に湯が注がれた。一回、二回、やっと三回目で、ふり切るように見た。保の手から離れた洗面器が、彼女の胸あたりにあった。

高成花……はじめて見る彼女が、保を見て微笑んでいた。むすんだ彼女のきりりとした唇。まっすぐに向ってくる目線が絡んで定まる。白い歯がふたたびこぼれて微笑む。その微笑みにひきこまれるように思わず、保も微笑みかえした。

……保は、まわりの一切の物音が静止したかのような静けさまで、今でも微笑みとともに甦らせることができる。

そのときまだ保は、彼女が朝鮮人であることを知らなかった。クラスも別々であった。保が学校内ではじめて彼女を見かけたとき、転校生をものめずらしく傍にくっついていた正次から、「あいつはチョーセンだ」と聞かされた。そのときの胸の高鳴りと驚きもまた、保には今だに忘れることができない。

高成花は保を認めて、やはりしずかな微笑をおくった。正次は気づかなかったが、動揺した鼓動が、いっそうはげしく保の胸を打ちつづけた。彼女の左胸のホクロを、保は知っている。

保はそれからもう女湯には入らなくなった。

浴室は絶えることなくごった返していた。保は幾人かの眼に急かされるようにして体を洗いおえる。湯槽のなかで、保はどうにか両手を伸ばしては縮めたりしていた。ここの銭湯の湯は湯槽からあふれ出たことがないと、保は思う。たえず上のタイルから三ッ目の線にたもたれていた。保はその正確さに感心せずにはいられない。

湯槽の奥の隅で、ぼそぼそ話しこんでいる二人の、保のすぐうしろの声。

鉱物の産出量の順位を説明する声。その声にあいづちをうちながら、

「アメリカの資源は、早晩、底をつく」と力説する声。早晩というむずかしい言葉が、保の頭にこびりつく。

「いつまでも、今のアメリカの地位がつづくものか」アメリカが我慢ならぬという声の調子。ソ連こそが相応しく、味方だという声の二人の調子。はっきりと聞きとれぬが、それでもはじめて耳にする、不思議な感じがする話の内容。途切れ途切れの言葉。もとより低い声に、室内の喧噪が重なる。消えたかと思うと、またあやふやにとどく。アメリカ憎し……そして妙なひびきのする祖国という言葉。聞きなれない言葉。祖国って何だ。彼らがいう祖国を思う気持って何だ……保にはピンとこない。

それに逆ではないのか。大人たちから聞かされる多くは、ソ連はおそろしく悪党なのだ。ソ

連が参戦さえしなければ、日本は戦争に敗けることはなかった。保のまわりの大人たちはそういった。アメリカこそ今や盟友だ。なかには、終戦直後は解放軍だと見誤りはしたが、アメリカ軍は世界の憲兵だといいきった、今ではもう潰れてしまったソロパン塾の教師もいるにはいたが……保のなかで意固地な気分が渦巻いていた。それならアメリカの側につく。なんでもアメリカの肩を持ってやる……今まで考えてみたこともない、意識したことすらない事柄。おぼろげな二人の話に対する反発が頭をもたげる。

それにしても張はいつもこんなこむずかしい話を、うしろの中学生たちに聞かされているのだろうか。

果物屋の店の明かりは、すっかり消えていた。駄菓子屋はなお深い闇に入り、薬屋は闇に入る直前のように、半開きになった雨戸の一枚から薄灯が洩れていた。短い商店街に人影はなく、白っぽい猫が一匹、眼の前を横切った。

そこから保は、行きとちがうもう一本の道の方を通った。バス通りを左折して、坂道をくだる。保の住む村の、ひとかたまりの灯が遠くに見える。

風呂あがりの肌に、切る風の感触が心地よい。左右の、荷台あたりまで伸びた稲の穂の、くらい海を駈け抜けていく。どうかすると一陣の風が吹いて、ざわざわと、それらがなびく。思いついて保は、ライトを消してみる。急激に軽くなったペダル。月光が青白きを増して、眼の前の道をほのかに浮びあがらせる。ときおり飛び交うちいさな影は、イナゴ。正面に北斗七星が輝いている。この道に人絶えて久しい時間。保の自転車が、まわりの虫たちの音をけちらすように、駈けていく。

村の入口から二軒目が勝久の家。この村すべてが代々の農家。村を歩けば親戚に出会うといわれるくらい田中と田村の、二つの姓しか存在しない村。そして保の家だけが余所者。そのことが瞭然とわかる村。玄関の方から、今しがた聞えたと思った声は、団欒の笑い声だろうか。それとも勝久が聞くラジオの笑い声だったのだろうか。

大家の建物近くまでくると、すでに察知したタロウの鼻をならす声が、しだいにはげしくなってきた。

母親が食卓に頬杖をついてたたずんでいた。食器洗いを中途半端に投げだしたまま、水が蛇口からたれ落ちていた。ポンプからくみあげる水は金気がひどく、火鉢を容器にして濾過した水が、樽栓を抜いたままチョロチョロと、今にも事切れんばかりに落ちていた。台所のうす暗い灯の下で、貴重なはずの水の音が闇に向って滲みていった。母親の横顔が動かない。保は黙ったまま、部屋灯のスイッチ紐をしずかに引っぱった。

5

「タモツ、えらい調子あげとるやないか」

六年生の連中が難敵を偵察するように、保の投球を見つめる。

「うん」

保自身もそう思う。やけに球が走っている。

この連中にカーブは見せないでおこう。最近マスターした、いざというときのとっておきの球。一週間後に迫った大会まで、カーブは伏せておく。

保が金の構えたミットめがけて投げる。昼休みの運動場。金が膝を折って、今度は低目を要求している。昼食をおえた健一たちが随時教室から出てきて、集まってくる。

保は、たのしいはずの昼食の時間が苦痛だった。保はだれよりもはやく、弁当を食べおえる。次いで金も相当にはやい。二人は皆のようにお喋りしながら食べない。何を話しかけられても、保はただ黙々とひたすら食べる。

朝のはやい母親が、保の分と二人分つくる弁当。母親が、

「麦はうんと栄養があるんだよ」といってわたす弁当。ときには一品のおかずすらもなく、机のなかに常備しておく瓶のりの佃煮だけですます弁当。その弁当が、保は恥しくて仕方がない。麦に多くの栄養があるにちがいないが、その母親の言葉は、保には貧しさのごまかしのように思える。まわりは皆、白い米だった。

蓋をとると、保は大急ぎで表面に浮きでた麦だけを拾って食べた。それから体勢を整えてきちんと食べなおした。いつの頃からの、保の悲しい習慣だった。

弁当を食べおえる順位は、まるで粗末な弁当の順位のようでもあった。そして保は、さっさと教室を出ることに決めていた。満腹感なぞなかった。すこしでもはやく、その場を立ち去ることが目的といえた。

正次を仮にバッターボックスに立たせてみた。一球、二球、三球……。

「これで打てるわけがない」

正次がおどけてみせ、健一が六年生の連中に、挑発するようにいう。

保はなおも気合をこめて投げる。十球、十一球、十二球……保は、勝ちたいと思った。二十球、二十一球、二十二球……受けつづける金の顔が紅潮している。おそらく左手はしびれているだろう。三十球、三十一球、三十二球……何かにとりつかれたように投げる。投げれば投げるほど、昨夜のことが思い起こされてきて、払拭できない。

実はね、タモツ……頬杖を解くと、母親は伏せ眼がちに切りだした。いつになく重い母親の口。

「実はね、タモツ……」母親は同じ言葉を二度くり返した。そして一気にいった。

「お父さんがね、見つかったの……」

保の顔をのぞきこむ母親の顔。あんぐりした保の顔。意を決した母親の顔。

「えっ」とみじかく叫んだまま、押し黙ってしまった保の顔。驚きが表情を閉ざしてしまった保の顔。

「ごめんね、タモツ。お父さんはおまえが赤ちゃんのとき死んでしまったなんて、今まで嘘をついていて……許しておくれ。おまえももう五年生、この際ほんとうのことをいうよね、タモツ。……実はね、お父さんはね、蒸発していたの……勤め先の女の人といっしょにね」

母親はそこで言葉を切って、また保の眼をさぐる。保は何といってよいのか、わからない。何がなんだかわからない。

「ある人がね、最近、お父さんをO市で見かけたというの……」

火鉢の蛇口からの水は、もう滴らなくなった。外の、虫の音が、ふたたび大きくなりだしたような気がする。そういえば、タロウの飯がまだだ。

「迷ったわ……お母さんはね、悩んだ末にね、お父さんをね、O市にね」

母親の声が涙声になっていた。

「タモツはね、お父さんが欲しい？　お父さんに帰ってきてもらいたいかい……」

秋蠅が、カレンダーに印刷された映画女優の、鼻の頭に止って動かない。保はしきりに、そんなたわいないことばかりが、さっきからぼんやり気になる。

「ねえ、タモツ」

母親が保の両腕を押えつけて、体を揺する。

「そんなこと、おれ、考えてみたこともない」

ふるいだすように、保はいう。母親の切羽詰ったまなざしが、保の全身を刺し貫く。

銭湯の行きがけで出会った秀夫の父親の顔、人の好い正次の父親の顔、式典があるたびに演壇であいさつをする健一の父親の顔、麦わら帽子をあみだにかぶった勝久の父親の顔……思いつくまま父親の顔を、保はならべたてては、頭のなかで打消していった。

「お母さんはね、……行かないことにしたわ」

タロウの飯がまだなんだ。秋蠅がのろのろと、鼻筋を通って左眼へ移動をはじめた。

「今まで二人でやってこれたんだもんね、これからだって二人でやっていけるよね」

自らを励ますように母親がいう。母親は、いつもの気丈夫な母親に立ち戻ろうともがいていた。

四十球、四十一球、四十二球……探しに行かないことにしたわ……その言葉が、こびりついて保のなかから離れない。
四十三、四十四、四十五球……おいおいどうなっているんだ……あたりの声がざわめいている。四十六、四十七、四十八球……いい加減においておかないと大会までもたないぞ、タモツ……どうやら金が音をあげたようだ。
四十九、五十。どっと吹きだした汗。呆れはてたようなまわりの眼が、保めがけてとびこんでくる。金が満足げに、グローブから外した左手の感触をたしかめている。保は、あらためて勝ちたいと思った。

五時限目のベルが鳴り、保たちは教室に戻る。入口あたりまできたとき、どうもいつもと異なる違和感のようなものを覚えた。すでにもう授業がはじまっているような、周囲の教室から孤立した内側の妙な静けさ。

足を踏み入れた途端、いっせいに向ってくるそれぞれの眼。そしてその眼が元に戻る。教室内は、ただならぬ気配をみせていた。

注がれる眼の中心に、張と明男が向いあっていた。不服げに前へ突き出した明男の下唇。

「もう一回いってみろ」

張の圧倒的な、はげしい剣幕。明男の唇がわなわな震えている。女子たちをのぞいて、皆が立ちすくんでいる。

「朝鮮なめたらあかんぞ」

小柄な体を伸びあげるようにして、張のつよい平手打ちが、明男の左頬めがけて飛ぶ。

何が発端なのか、今はいってきたばかりの保たちにはわからなかった。しかしそれが、朝鮮対日本の対立であることぐらいは、その雰囲気から読みとれた。

金があわてて張の傍へ駈けていく。それをきっかけに入口付近で立ち止っていた保、健一、正次、秀夫は、皆と同じように明男の背後にまわる。

「朝鮮で何がわるいんや」

高が、あの意志の強そうな唇をギュッと噛みしめ、こちらを睨みつけていた。その横でもう一人の女の金が、パツのわるそうに下を向いてもじもじしていた。李はやはり机に坐ったまま眺めるような眼付きで、ぼんやり張と明男を見くらべていた。激高したときの張の眉間の青筋。

金がしきりに頭をなでつけた。

皆がしずまり返っている。さらに感情を高ぶらせた張の平手打ち。張の甲高い怒声が教室中にひびく。

「朝鮮おまえらとどこがちがうのか」

よろめいた明男の背中を稔が支える。醜くくゆがんだ明男の顔。保は、そんななかでひとりある種の痛快感を覚えていた。それでなくとも明男は、日頃から虫の好かぬ奴だった。その明男がいま屈辱にまみれている。

しかし保は矛盾していた。保は、「チョーセン」とつぶやいた。健一が「チョーセン」とつぶやいた。秀夫がつづくように「チョーセン」とつぶやいた。正次が大きな声で「チョーセン」と叫んだ。

「チョーセン」「チョーセン」「チョーセン」……明男の側が反撃に転じた。男子たちは口々に、「チョーセン」「チョーセン」と声を重ねていった。徐々に大きく、はやしたてていった。日頃彼らの陰では、もっとあからさまに発しているその嘲りのひびきを、多数の強みで面罵していった。その声はうねりとなり、彼らににじり寄っていった。「チョーセン」「チョーセン」。

朝鮮人の持つ暴力性を、今また張自身が表現しているではないか。彼らは怒鳴りこんでくる。彼らは刃物もじさない。彼らにかまうと、彼らは仲間をひき連れて仕返しにくる。彼らは人を殺傷するくらい平気な種族だ。彼らは何をするかわからない……「チョーセンに関わったらあかんよ」と母親もいったし、大人たちはきわめて陰湿に侮辱した。「チョーセン」を蔑むことで、大人たちは自らの生活に溜飲をさげた。

「チョーセンはしゃあない奴らやからな」

それで大人たちは、それまで食いちがっていた会話に終止符を打った。「チョーセン」は、大人たちの便利な合意道具であった。うっぷんを晴らすときにも、自らを納得させるときにも、「チョーセン」ほど都合のいい形容詞はなかった。何もかもわるいのは、「チョーセン」。「チョーセン」のせいだ。

しかし大人たちは心得ていて、決して彼らのまえでいったりはしなかった。彼らがおそろしかった。すぐに一丸となって団結する彼らを、部落ごとたち向ってくる彼らを、自分たちにないその結束力をおそれた。

子どもたちもそうであった。ニンニク臭いといっては軽蔑した。だれが最初にいいはじめたのか、

「ニンニク食うとるとキンタマが腐る」という噂が、まことしやかにながれた。

「梁のキンタマ、ボーロボロ」「具のキンタマ、ボーロボロ」……その噂を保たちが聞きつけたとき、

「するとキンカンなら、どうなる……こりゃ傑作だぞ」

皆はそこでいちだんと大声で、笑い転げた。

「キンのキンタマ、ボーロボロ」

その語呂あわせの調子がおかしかった。

そしてまた保たちは矛盾していた。いざ野球などいっしょに遊んでいるときは、まるでなんともなかった。しかも保たち野球チームにとって、張と金はたのもしく、夢中になればなるほど彼らの人間性の一コマに触れ、つよくひかれるものを感じた。張と金ばかりでなく、高にしろ、もう一人の女の金にしろ、李にしろ一人ひとりに対して何のわだかまりも、隔たりもなかった。ごく普通に接しているといえた。張にしたって、よく考えてみれば、ただ皆にくらべてすこし乱暴なだけだ。

それがしかし、何かのちょっとしたはずみで、ほんのささいなことからひとたび朝鮮対日本という、多数の対立の図式になるともうだめだった。すっかり消されていたはずの、「チョーセン」という大人たちから植付けられた概念がにわかに甦ってくるのだ。彼らは敵であり、明男は嫌味な奴でも日本人なのだ。

いや保は、矛盾を矛盾とも感じていなかった。理解できるはずもなかった。ただ保は、そのように自分を仕向けねばならないと感じていたにすぎぬ。

「チョーセン」「チョーセン」……

高が腕をくんで仁王立ちしている。金がこまったような哀しい顔を赤く染めている。張がいっそう憎悪をむきだしにして、今にも突っかかってきそうだ。

「チョーセン」「チョーセン」……

もう一人の女の金が涙をぬぐおうともせず、すすり泣いていた。その涙が誘うのか、女子たちの一部が眼を潤ませていた。

「チョーセン」「チョーセン」……

堪えきれなくなって、女子の数人が、ワッと机に泣き伏した。

6

街道沿いのあちこちで、稲刈りがはじまっていた。人々が手を休めて一行を見送っていた。ときおり首に巻いた手拭や、握りしめたままの鎌で手を振る男や女たちは、きっとこのなかに自分たちの子どもがいるのだろう。しかしその当人たちは皆の手前、照れくさくて親なんぞに手を振りかえせたものでなかった。総勢約一五〇名の二列縦隊。社会科の学習をかねた五年生の遠足。となり町のA城跡へ、この朝鮮人街道を南下して行くのだった。

すでに楡の大木が左背後になっていた。ここからはN山がぐっとさし迫ってきて、その麓にそって歩くことになる。

定期バスがすさまじい土煙をあげて通りすぎていった。向うからやってきたスクーターがくぼみに身を踊らせながらも、うしろの柳行李を巧みにふりかえっていった。どっさり稲を積んだリヤカーが畦道から現れて、ゆっくりと一行を横切ると左に折れていった。姉さんかぶりをしたワンピースの女が、ちっとも進まぬ自転車に業をにやしていた。派手な幟をたてた映画館の宣伝カーが明後日の日曜特別企画を、おそろしくひび割れたスピーカーの声でがなりたてて、にぎやかな音楽を残していった。今また、小型の自動三輪車が幌をパタパタなびかせながら、猛然とした勢いで走り去っていった。

一行はそのたびに舞いあがる、砂塵に耐えねばならなかった。眼と鼻と口を手のひらで覆わねばならなかった。しかし一行は次第に馬鹿らしくなってきていた。付添いの若い女の教師だけが息を殺して避けていた。一行はもはや自棄糞な気分になって、砂塵に身をまかせていた。

道路を隔てた向うを、うしろから迫ってきた貨物列車がレールを軋ませていく。石炭を満載した車輌がつづくかと思うと、何輌かは乳牛が退屈そうにこちらを見ていた。ながい貨物列車。その最後尾の箱の窓から、車掌が首を突きだすようにしてのぞいていた。保たちが手を振ると、若い車掌ははにかんだ笑いを浮かべて手を振りかえした。

曲折の多いT川の橋をわたりきると、街道は鉄道線路と交差して山側に入る。朽ちた祠があり、その先に何故か首のない地蔵が一体、道端の草むらにひそんでいた。山の様相が一変して竹藪がずっとこの先つづいている。

当初の整然とした隊列の面影はない。列は今はもう乱れに乱れていた。竹藪と、徐々にせりあがっていく右側の線路の土手。その両側に挟まれたおもしろくもなんともない風景。けだるく退屈な道。

「おい知ってるか」

正次が保の小脇を肱でつつく。

「うん？」

保は正次が突然何をいいだすのかと思った。まるで秘密を打ち明けるような口ぶり。正次の指先の、竹藪のわずかな切れ目。

「うん？」保はくりかえした。

農具小屋のようなトタン家。一瞬廃家を思わせたが、よく見ると下着やらポロシャツやら洗濯物が、陽当りのわるさをうらめしげに干されてあった。軒下には七輪があり、バケツが転ってあったり、たき木が無造作に散乱していた。だれかがそこで生活をしているのだ。正次がいわなかったら見落としてしまいそうだった家。

正次の声を聞きつけたうしろの秀夫の声。

「知ってるぞ」

「だれかの家か」

秀夫の声に重なったうしろの健一の声。

「それにしてもひどい家があったものやな」

その家から眼を離さずに保がいう。

ガラスのない一箇所だけの窓。木枠だけを残して厚手の紙で貼られた窓。その家にくらべれば、いま自分が住んでいる借家の方がいくらましだろう、と保は思う。

「ほんまにひどい家だ」

健一が感心したようにいう。

「まったく家といえない家だ」

保が呆れたようにいう。

正次と秀夫がどちらともなくクスクス笑いあっている。健一がしびれを切らしたように強い口調で促す。

「あのな」

正次がもったいぶっていう。秀夫がそれをひきつぐ。

「間抜けヅラの家」

前をいく李の、いくぶんか細い背中が何人かの肩越しに見える。……李の家。揺れのすくない李の後頭部。李の黄ばんだよれよれの体操シャツ。李の上半身が見え隠れする。

「アッ」声にならない叫びを、保は叫ぶ。

「電線がない……」

自分の発見におどろいて、保がひくく叫ぶ。

「エッ」それぞれに正次が、秀夫が、健一がつぶやく。

にわかに信じられないといった彼らの表情が、むしろ戸惑ってみえる。

あるべきものがそこにはない。

「知らんかった」

秀夫がボソッという。

「いわれてはじめて気ィついた」

正次が投げだすようにいう。

あたりまえのものがその風景のなかにない。そういえば電柱すらもが、近くに見あたらない。

李の家に電気がきていない。

だれもならんで歩こうとはしない李の背中が孤立して、淋しげにみえる。

「それにしても今どき、電気のない家もめずらしい」

何かしらわけのわからないイライラするものがこみあげてきて、保は胸中ふかく叩き伏せる。

李は、どんな思いでこの家のまえを通りすぎたのか。

李の規則正しい歩き方。その一定のリズムからはしかし、彼の背中に動揺は感じられない。

彼は、父親と二人暮しだと聞いたことはあるが、授業参観などに現われたためしがない李の父親を、保たちは知らない。

「あいつ、夜はどうしているんやろう」

家にテレビのある健一が不可解そうにいう。

李が傍にいなくてよかったなと、保が考えている。昼間ですら、あの竹藪のなかでは暗く、うっとうしいにちがいない。

竹藪が途切れたあたりから、街道はのぼり坂にさしかかっていた。保たちは歩きながら教師に隠れて、こっそり水筒の水を飲む。先の方からワッという歓声がつたわってくる。

中年の鳥打ち帽が、いかにも危なっかしいハンドルさばきで、道路の中央を駈けおりてくる。体から大きく左右にはみだしたうしろの荷台の木箱に、鳥打ち帽の自転車はうまく重心をとれないでいるのだ。ワッという歓声が、退屈な道中にうんざりしていた列の最後尾まで一挙にいきわたる。鳥打ち帽の、そのふらつき加減の、何とこっけいなことか。転倒しそうで、きわどいところで転倒しない自転車。皆のはやしたてる声は、列の歩行を止めたままだ。

おざなりに「やめろ」とはいってみたが、教師たちですら今にも吹きだしそうな笑いを、寸前のところで堪えている。その表情は歪んでさえみえて、彼の転倒を期待している。皆のからかう声が波打つたびに、自転車はよろめいて大きく傾く。保たちに近づいてきた必死の形相。鳥打ち帽のひきつった声が、横を駈け抜けていく。

「糞ガキども奴、糞ガキども奴……」

平坦な道になってもなお体勢を立て直せぬ、彼のあやうい後ろ姿が遠ざかっていく。皆がひとしきり笑いおえて歩きはじめると、列はもう統制の欠片もなかった。

李は何故、あの部落の連中といっしょに生活をしていないんだろう……胸のつかえを押しだすように保は思う。それにあそこには、まがりなりにも電気がある。どうして李の家だけ、彼らと離れているのだろう。それに李の家は、馬車曳きのパクさんのようにもともとこの町に住んでいたわけではない。何故李の家は、何もかもが不便にちがいないあんな処で暮しているのだろう。

正次は、「チョーセンのことなんかわかるかい」といった。秀夫は、ただ「わからへん」とだけいった。健一は、「あいつらは何考えとるかしれたものじゃない」といった。しかし健一をのぞく三人は、暮しむきの辛苦は理解できるはずであった。すくなくとも保は、片親と生活のまずしさは共有できると思った。

だらだら坂をのぼりきると、右前方にA城跡の石垣が山の中腹に見えた。

明後日の大会に備えて、この土曜日の体育の授業が実質上の、練習の総仕上げであった。健一は放課後もひきつづいてやりたいらしいが、それでは特別授業を受ける張と金が欠ける。級長である健一はいよいよ張り切っていた。そしてドタン場にきてやはり気になるのか、担任教師がはじめて男子の方に姿を見せ、バッがわるくなると女子の方へ行ったりきたりした。それはそうだろう、この学校の運動会に次ぐ一大イベント、担任としての名誉がかかっているのだ。己の助平な本性にかまっていられなくなったのだな、と保はそわそわする教師をみて苦笑する。

昨日の遠足の疲れなぞなかった。健一がシートノックをしばらくつづけると、また皆が参加できるいつもの試合形式に戻した。

保は金と投げこみをすることにした。守備にはつかず十番目の打順がまわってきたときだけ、おたがいバッターボックスにたった。

マウンドでは、保がいるかぎり実際の試合で出番のない、二番手ピッチャーの勝久が投げている。その球を、張が軽々とレフトの頭上へはこんでいく。特徴ある腕っぷしの強いグンとのびる打球。嘲笑うような張の口もと。うしろ向きになったレフトの秀夫があきれたようにその球を追いかけている。皆が茫然と見送っている。小柄な張の体がゆっくりベースをまわっている。勝久がグローブをたたきつけて悔しがっている。思いだしたように、稔たち張のチームが手を叩きあった。この前の映画観賞のときのスポーツニュースでみた、ホームランを打った打者を出迎えるシーンを思い描くように、皆は張をとり囲んで真似る。そうでなくとも皆は、なんでも大人たちを真似たがった。保も金も一時中断してその輪のなかへ、張に握手を求めていく。

あのとき担任教師が入ってきて何とか事態はおさまったが……先日の教室での出来事が嘘のようだ。わだかまりが失せていた。実際、こうして野球をいっしょにしていると、どうしてそんなことに強くこだわってしまうのか、わからないくらい溝は溶解していた。まったくそうなのだ。野球をしているときはまったく、張も金も李も……「チョーセン」もくそもなかった。

次のバッターである健一が大いに力んでいた。たしかに格好だけは、彼の好きなプロ選手に似てすごいのだが、彼の打球が一向に、外野まで飛んだためしがない。

保と金が、手を休めたままならんで見ていた。一球二球と、たてつづけに空振り。右肩のシャツをたくしあげる仕種まで、健一は研究しているとみえる。それはその選手が追いこまれたときにみせる、気合いをこめる癖だ。そしてそこまではいっしょのはずなのに、結果が残酷にちがう。完璧なはずのスイングからは、たいがいボテボテのサードゴロだ。

「うちのチームのガンは、四番バッターやな」

保がしみじみと、情けないようにいう。

逆に金は、妙に明るい声で、だれにいうともなくいう。

「健一は今にも打ちそうな、気配だけで打つからな」

二人が顔を見あわせて笑うと、皆が怪訝な顔をしてこちらをふり向いた。

7

日曜日は、保が住む村の秋祭りだった。どういうわけでか、どこよりも一足はやい祭りなのだった。じっとしていても家のなかまで、太鼓や鉦の打ち鳴らす音が聞こえてきた。

それでも母親が台所でぼた餅をこしらえていた。保は背後にしのび寄っては餡をつまみ食いして「うまいうまい、お母ちゃんにしては上出来」と、母親をからかった。保の家の軒先には、御神燈の提燈がない。

神社は村のもっとも奥まった一角にあった。その狭い境内には、春祭りのときも毎年同じ露店がならぶ。きまって鳥居をくぐったところから綿菓子屋、金魚すくい、お面を中心にしたおもちゃ屋の順に三軒がならぶ。たいした人出があるわけでもなく、すでに見慣れた売子たちが退屈そうに暇を持てあましていた。

彼らは決してここで商売を期待しているわけではなかった。村が景気づけに、日当を払って彼らを呼んでいるのだった。

その日当のなかには、保の家が毎月収める村会費の一部も含まれているはずであった。村はそういうことだけはきちんとしていた。

月一回のわりで、日曜日には母親は村の用事に駆り出された。それは道路普請や河川掃除など雑多なものにまで及んでいた。しかし道路普請といっても農道が主で、百姓をやっていない保の家にとってほとんど関わりのない道といってよかった。しかもそれに欠席すると、不参加料が徴収され、その額は母親が工場で貰う日給におおよそ相当していた。それも出席が婦女子だと半分の不参加料をとられるのだった。

「男連中なんぞ煙草ばっかかし吹かしおってろくに動きもせんのに、何が女だと半人前だというのか」

と母親は例によって愚痴るのだが、

「この村に住む以上仕方がない」

そういって結局は、自分を慰めるようにしてあきらめるのが常だった。

そして半分の不参加料を払わずにすませるためには、保が中学生になるまで待たねばならなかった。保と母親、二人が従事してはじめて一人前と認められるのだった。

村はまた昔の五人組制度の名残りをとどめていて、夜番やらなにやらなにかと隣り組の会合が持たれた。まして持ちまわりである当番にあたれば、酒やら菓子やらその出費も馬鹿にならなかった。

社殿のまえには御輿が飾りたてられてあり、そのまわりをとり囲むようにしてある鉦や太鼓を、子供たちがてんでばらばらに打ちつけていた。彼らは一様に赤字で〈祭り〉と染めぬかれた、水色の法被を着ていた。

社務所のなかでは男たちが酒盛りをしていた。大家がいた、大家の中学生の息子もいた、隣り組の面々がいた。その車座から勝久が赤い顔をしてこちらを見ていた。五年生の秋から、彼ははじめて子供用の御輿を担ぐことができるのだ。

彼が傲然としていた。勝久はこれ見よがしに眼の高さまで持ちあげた湯呑み茶碗をあおると、肩で大きく吐息した。そして瞬間歪んだ顔が、保をとらえると実に得意そうな顔に変わる。赤く潤んだ勝久の眼が挑戦的な底光りを帯びて動かない。

彼の態度が優越感に浸っている。日頃学校での、出番のないうっぷんを晴らすかのような横柄な姿勢で、社務所の床から保を見下ろしていた。保が転校してくるまで、彼は学年でもエースピッチャーのはずであった。彼にとって保は邪魔な、うとましい存在としての位置を占めているといえる。むろん彼は、そんなことはおくびにもださない。こうした村での、何かの行事があるたびに彼は、保の一家に対する村人の背景を拠り所にして、保への思いを蘇生きせるのだ。そして目線を無言のままに外すと、勝久はおもむろに、やんわり保を無視するのだった。

勝久が急に何かを思いついたように、となりの中学生をつかまえて話しかけた。彼らは御輿を出す時間まで、そうして呑みつづけるのだった。

保は、あんまり母親がうるさくいうものだから、ここに来てみたまでだ。

「せっかくだからタモツ、いってこい。ぼた餅ができるまで、神社へいってこい」

毎回承知しているはずなのに、今回もまた保は、やはり来なければよかったと思う。来ても惨めたらしい、嫌な気分になるだけだ。

そんな後悔の念が、保に木槌をとらせる。せめて鉦の二ッや三ッ、叩いて帰ろう。保はいくつかぶらさがった鉦に群がる、子供たちの間に割って入っていく。その保に、彼らのような祭りの法被はない。

御輿がもうじき、家の近くまでまわってくるのに……という母親の不満げな表情を残して、保は自転車に跨るとタロウを連れてとびだした。別段行くところがあったわけでもなかったが……どれくらいか走って、N山でも行ってみようと、保は仕方なく思った。自転車のうしろを、タロウが張り切ってついてきていた。

健一の家の、広い庭が塀越しに見えた。その姿のいい松の木の下では、健一が素振りをくりかえしていた。声を掛けようかどうか、しばらく保は迷ったが、そのいかめしい建物に威圧されてうっちゃった。

T川の橋の上では金が魚釣りをしていた。傍にいる幼い男女は彼の兄弟たちなのだろうか、三人とも金と体つきも顔立ちもよく似ていた。タロウを見つけると駈け寄ってきた。

「よおキンカン、釣れるかい」

「なあんや、早食いのタモツか」

「なあんやはないだろうキンカン。それにおまえだって相当の早食いや」

保が笑うと、金がにっこりしてまた例の、左手でくるりと一回転、頭をなでつけてはにかんだ。まったく、金の片えくぼときたら憎めない。

最初おっかなびっくりだった子供たちが、タロウの頭といわず尻尾といわずやたら体を押しつけてはしゃいでいた。タロウはめったなことでは人に吠えたりしない、おとなしいかしこい犬だ。

バケツのなかをのぞくと六、七匹のオイカワが泳いでいた。竿を小脇に置いて金がいった。

「タモツは、ムキムキマン」

「えっ、なんやそのムキムキマンというのは」

「あまり表に出きないタイプやからな、タモツはな。それでいてその実、内心ではすごくこだわっているんだよな。そしてすぐムキになる質……」

「おいおい何をいいだすんだよ」

「おれにはわかるんや。ああタモツの奴また自分にムキになってるなあって……」

まさか金から、こんなことを聞かされるとは思ってもみなかった。保は、面喰らった。意外だった。

「ムキになってムキになって……」

金のどこに、そんな観察眼がひそんでいたのだろう。保は驚かずにいられなかった。

保は金をまじまじと見つめなおした。

金はやはりいつもの金だった。頭をくるりとなでて照れた。

「ほらぁバッテリーだもの」

橋の上からは向うの楡の大木がよく見えた。

「明日は頑張ろうな、キンカン」

「うん、負けるもんか」

バケツのなかの一匹がパシャッと勢いよくとび跳ねた。

「今晩のおかず、まだまだ釣らなくちゃ」

そういうと金は、ふたたび竿を出した。

赤い小さなウキはなかなか沈みそうでなかった。


麓の鳥居のところに自転車を置いた。鎖を解いてやると、タロウはいっそう元気に先へ先へと駈けていった。山はすでに紅葉に入りかけていた。

すこしのぼると、この下の村の神社がある。N山というのはその村の名からとったものだった。山は西南から東へとのびて、一市三町にまたがっている。そのうちのQ町に面した峰をQ町の人々はN山と呼んだ。

N村は朝鮮人部落と目と鼻の先の距離にあった。戸籍上においても、部落は大字Nであった。N村ではそのことをひどく嫌がったが、もともとがN村の在所、どうしようもなかった。それもまさかT川べりの湿地帯に、人が住むなどとは思ってもいなかったといえた。

N村では、ことごとく朝鮮人部落と分け隔てることに苦心しているふうだった。現にこの神社の入口には、〈此の所に日本人以外立ち入るべからず〉の立札が建っていた。

神社を反対に右にとると本道。ここから先は道も細くなっていて、自然にまかせたままの道だ。変なところに石や木があったり、逆に何も支えるものがなくて滑ったりして、険しくなっていく。

中腹あたりには七つの古墳があり、四つの深い洞穴のなかの状況まで、保はこのN山のことなら何でも知っているつもりだった。保は三年生の終わり頃にはすでにボーイスカウトに入っていて、ハイキングやらキャンプやらで幾度となく、N山に関しては隅々まで探索していた。まったく勝手知ったる山といえた。

うっそうと茂っていた木々が徐々にひらけてきた。神社から後はだれひとり出会わなかった。先をいくタロウがときどき立ち止ってはこちらをふり向いた。枝々の間からは頂上の岩が、見え隠れしていた。

頂上には大きな岩があって、岩と岩のひとつの間に観音様が祭ってあった。そこはちょうど四角い空間をつくっていて、壁や天井や床もある家のようになっていた。

岩のまえには、この観音様の由来の説明板があり、ここにも朱色のはげしいペンキ文字〈此の所に日本人以外立ち入るべからず〉の立札が乱暴にあった。傍にはこの町の名士たちが寄贈したという署名入りのぼんぼりのいくつかが、こんなところにまであった。もちろん健一の父親の名も見える。

突然岩の上で、「キャッ」と叫ぶ悲鳴が耳をつんざいた。

あわてて保がかけのぼると、タロウがきょとんとしていて、その向うに、やはりきょとんとした、高成花がいた。

「いきなり犬が現われたんですもの、びっくりしちゃった」

高成花が、背筋をしゃんとのばしてそこに坐っていた。彼女はその意志の強そうな唇を尖らせて、保を認めると、膨れっ面をしてみせた。高成花のキリッとした眼が笑っていた。

「ごめん、ごめん、驚かして。こいつタロウっていうんだ」

タロウを、保はむりやり坐らせた。

「そう、タモツくんの犬なの」

「うん」

保は何だか自然にふるまえる自分がうれしかった。

保は彼女の横にならんで坐った。そこは広さにして六畳ほどの、観音様の天井の岩の上だ。

「こんなところでひとりで何してたんだ」

「わたしね、いつもね、何かこうむしゃくしゃしてくると、ここへくるの」

北の山々がずっと遠くまでひろがっていた。足もと近くには、散在する集落からふもとの家並みまでQ町全体が見わたせる。

「うん」

保はあらためてあいづちを打ちなおした。

保の村の、祭りの幟が二本、白く小さく見える。保たちの小学校のグラウンドでは、日曜日になると借り切って野球をやる大人たちの黒点が、わずかに蠢いている。新聞配達にまわる村々が、保のなかで経路となって見える。そして稲刈りがまばらな田んぼのなかを、ほとんどまっすぐな一本道、朝鮮人街道が保の左後方から現われてのびている。

彼女の見おろしている眼が涼しそうだ。

「ねえ、タモツくん」

「うん」

「ここから見ている分には、何もかもがのどかで、きれいね」

「うん、まったくだ」

「わたしたちの部落もきれいだわ、ねえタモツくん。こうして見ていると、あなたたちの住んでいるところとすこしもかわらないわ」

楡の大木が山裾の木立からわずかにのぞいていた。

「あなたたちとどこが、ちがうというのかしらね」

彼女の横顔を見ていた。ときおり額にかかる髪をかきあげるようにして、彼女はつづけた。

それは独り言のようでもあり、自分にいいきかせるふうでもあった。

「ただあなたたちとちがうとしたら、わたしたちは、同胞同士、助け合っていくわ。弱い者同士、助け合って生活しているということだわ」

高成花はいった……あなたたちの蔑視や偏見、あなたたちの差別と闘っていくわ。皮肉な調子になって、その言葉は保の内にひびいた。保はいった。

「じゃあ遠足のとき通った李の、李の家はどうなんや」

李の家が、左うしろの山陰の下にある。

「そうね、あなたたちでいう村八分みたいな状況よね。なんでも政治の考え方のちがいらしいんだけど……悲しいけど、今のわたしにはむずかしすぎて、よくわからないわ……祖国を思う気持ちはいっしょなのにね……」

遠くを見る高成花の眼。いつぞやの銭湯でも耳にした祖国という言葉。祖国って何だろう、と保はふたたび思う。高成花の、キュッと結んだ、嚙みしめた下唇。

傍に坐っていたタロウがいなくなっていた。

保がごろんと仰向けになる。高成花が保にならうように両腕を後頭部の下にくんでいる。突き抜けるような青い空。白い雲がゆっくりと、二人の上を通りすぎていく。どうかすると下界の物音が、靴を脱ぎすてた素足の裏から伝わってくる。風の具合で、すぐ真下に聞えてくる。あくまでも澄みきった空気が、二人の体をやわらかくつつんでいる。

どれくらいそうしていただろうか。

不意に、高成花がけたたましく叫んだ。

高成花が体ごとぶつけるようにして、咄嗟に起きた保の上半身にしがみついてきた。

いつの間に戻ってきたのか、タロウがさらにはげしく、彼女に向って歯をむきだした。

「こらあ！　タロウ」

吠えたてるタロウを一喝して、保は首筋をわしづかみにした。

高成花の右腕に赤い痣ができていた。保はタロウの頭を執拗に叩きつづけた。

「もういいわ、ゆるしてあげて」

手を離すと、タロウがしゅんとした。

「ごめん、痛かった？　ごめんな。こいつどうしたんだろう、いつもおとなしい犬なのに、人に嚙みついたりしたことはなかったのに、こいつ奴、痛い？　ごめんな……」

高成花の半袖シャツからのびた右腕を、保は両手でかるく握りしめた。じっと見つめた高成花の眼。

彼女の顔にすでに血の気が甦っていた。保の眼を見上げるようにして彼女がいった。

「わたしに、あなたをとられると思ったんだわ」

高成花がにっこり微笑んでいった。

「きっとそうよ、わたしたちに嫉妬《やきもち》をやいたのよ」

8

相手の六年生のピッチャーはさすがに学校代表のエースであった。なかなか点がとれなかった。保もまた三連投ながら互角に踏んばっていた。朝から行われたこの大会も、いよいよ大詰めを迎えていた。

休み時間になるたびに、下級生たちが校舎の窓から首をズラリとならべた。

対面では女子の、ソフトボールの優勝戦が行われていた。そして意外にも五年二組が勝ち残っていた。稔の情報によると、高成花の投打にわたる活躍に得るところが大きいという。女子の方もこちらが気になるとみえて、偵察に現われては互いに戦況を交換しあっていた。担任教師はどちらを応援してよいものか行ったりきたりして、落ち着かなかった。しかもその顔が刻々と真剣味を増していった。

ここまで楽々と勝ち進んできた。圧勝といってもいい。まったく危なげがなかった。それだけにこの六年三組のチームがよけい強敵に思えた。残すところ後二回と迫っていた。五、六年生全員がグラウンドをとり囲んでゆくえを見守っていた。

緊張感が高まっていった。バックネット裏の本部テントの下では、校長をはじめ来賓の面々が固唾をのんでいた。その中程には健一の父親が身をのり出していた。

「一点や、たった一点や、一点が欲しい。一点あればなんとかなる」

六回表の攻撃に移ると、担任教師がからした声をしぼりだすようにしていった。その顔の黒縁の眼鏡がずりおちていた。皆はわかりきったことをうなずき、ここまでくればなおさら強く勝ちたいと思った。

「がんばれ、がんばーれ、二くーみー」

稔たちの声援がN山にこだました。

しかしそんな雰囲気のなかでも、明男は稔の横で、馬鹿らしいといわんばかりに撫然と口をつぐんでいたし、李は列の最後方で、無表情な度の強い眼鏡で、全体をただぼんやり眺めているふうであった。最前列では、出番の訪れない勝久がいらいらした身振りで、それでも声高に稔たちの声援に唱和していた。

「がんばれ、がんばーれ、二くーみー」

前の試合が嘘のように、打てなかった。秀夫がピッチャーゴロ、七番の保もあえなくサードゴロに倒れた。声援がむなしいため息にかわって、そして一転してざわめき、沈黙した。ほんとに期待できるとしたら、この張をおいて他にない……皆の眼が注がれた。バッターボックスに向う張の小柄な後ろ姿が、今まで何度たのもしく思えたことか……現にこの試合でも、好捕されはしたが唯一快音をひびかせていた。緊迫してくるほどにつよく、何故張が四番を打たないのか……だれももう今、「チョーセン」などとけなしはしない。

張の不敵な笑みが、期待が集まるほどに大胆に冴えていく。張が体ごとタイミングをはかっている。一、二、……三。皆がいっせいに立ちあがった。

張独特の打球が、レフト後方の校舎に向って、高々と弾道を描いていく。

「やった！　やったぞ！」声援が爆発した。

「よし！　この一点で勝った」歓喜した担任教師の声が、足早に女子の方へ向っていった。

今の保の調子なら、この一点で、保も皆も勝ったと思った。

その裏の相手の攻撃も三人で退けた。この日のためにとっておいたカーブが、要所〳〵で気持ちよく決った。対面ではワアワアという女子の甲高い叫び声が、何度も何度も波打って轟いた。保はこのまま勝てると思った。

最終回の攻撃は、正次が相手のエラーと暴投で一挙三塁までいって盛りあがったが、四番の健一があっけなく三振した。

未だに張が放った弾道が焼きついていた。そして皆のなかにふたたび、張を何故四番においておかなかったのだという後悔ともつかぬものが、その消えた跡あたりをたどっていた。追加点はとれなかったが、それでも保たちは勝ちを疑わなかった。保は勝ちたいと思った。

最後の守備位置につこうとしたとき、ひときわ大きい歓声がどよめいた。どうやら女子の方の試合が一足先に終ったらしい。

「番狂わせや」

「五年の、二組がそのまま押しきった」

「得点はことごとく高成花の長打や」

「下馬評にもあがっていなかったチームに、六年生が負けた」

「勝ったわよ、うちのクラスが勝ったわよ！」

矢継ぎ早に結果が駈けてくる。そのうしろをドッと、女子の大群がこちらへ移動してくる。

「五対〇の完勝よ」

喜悦をあらわにした担任教師を筆頭にして、五年二組の女子の一団が意気揚々とやってくる。まわりがいよいよ騒然と、熱気を帯びていった。予想だにしなかった彼女らとはちがい、保たちのチームは五年生とはいえ戦う前からの優勝候補、しかもいま一対〇で勝っているのだ。

「負けないで！」彼女らの声援、彼女らの勢いがさらに緊張に拍車をかけていく。

入りまじった男女の声。マウンドの上の保の一挙一動を見つめる、張りつめた眼。それらの眼のなかの高成花の眼。素早く視線があうと、彼女は両手を軽くあげ、保だけにわかるガッツポーズをしてみせた。

保が意識すればするほどストライクが入らなくなった。最初の打者がセカンドの正次のお手玉で生きた。つぎの打ちとったと思った打球は、ファーストとライトの中間にフラフラッとあがって落ちた。それから急におかしくなった。あれだけ決っていたカーブが、この最終回にきてスッポ抜けた。たてつづけに投げた四球とも外れて、無死のまま塁が詰った。しかもつぎのバッターは、学校代表でも四番の強打者だった。

「タモツ、ムキになるなよ」

金が一球ごとにマウンドに近づいてきて心配そうにいった。相手チームの声援に負けじとくりだす声援が、怒濤のように保の全身に襲いかかってきてうねった。カーブがまた三球つづけてボールになった。

「ムキになるな！」

金がまっ赤な顔をして怒ったようにいった。今度で、押し出しで同点だ。

もう判別できぬ顔、顔、顔の群れが保の荒い息の先にあった。そしてまた、ワッとグラウンド全体を揺るがすときの声。今まで怒ったことがなかったあの金が、はじめて怒っている。保が大きくふりかぶった。金のサインがまた直球を要求していた。

張り裂けんばかりの頭のなかで、保は、勝ちたいと思った。金のアッと叫ぶような声が聞えたように思った。そのとき保は不意に、はやく結着をつけてしまいたいという思いに縛られるように思った。離したボールの先で、今度ははっきり金の声が聞えた。

「どうしてセットポジションで投げないんだ」

背後のランナーがいっせいにスタートした。力のないカーブがまん中に入っていった。声のない金の口がぱっくり開いた。喊声がまっ二つに割れた。快音がサードの頭上で尾をひいていった。

9

「おれもボーイスカウトに入れて欲しい」金が唐突にいった。

その日曜日の朝は、めずらしく霧がたちこめていた。T川の橋の上で、金が保を待ち伏せていた。

金の両肩が濡れていた。傍には弟たちもいなければ釣り道具もなかった。あまりに突然な申し入れに、保は返答に窮した。金が冗談をいえるような男でないことは充分承知していた。姿の見えない列車が、しずかに鉄橋をわたっていった。霧は、金の背後にあるはずの楡の大木まで隠していた。金は、昨日学校で保たちが話していたことを、それとなく聞いていたのかもしれなかった。

麓の鳥居のまえまでくると、正次たちにまじって、班長と副班長の六年生の二人がすでに待っていた。

「アホかおまえ、チョーセンはダメに決っている」

というふうい方で、保をたしなめた。

「おまえ、この間のサヨナラ敗けで頭が変になったんちがうか」

班長が突きはなすように強い口調でいった。

保のうしろでは正次たちが金をとり囲んで、「キンカン」といっては何やら話しこんでいた。

保が黙ったまま動かずにいると、班長はじれったそうに呆れた顔をした。

「ええか、タモツ。チョーセン……」

その言葉の先を遮るようにして、それまで何かを考えているふうだった副班長が、

「おいクマ」といって班長の右腕をひき寄せた。

保から距離をとると、何かが閃めいたような副班長のうすい唇が、班長に耳打ちをはじめた。クマというアダ名のある班長の太い首、筋肉のもりあがった肩から上腕部。尖った副班長の顎が金を指して数回しゃくる。班長の広い背中。

こちらを向いた二人の眼が、気味わるく笑っていた。厳つい手のひらをぎこちなく振りながら、班長は保にいった。

「まあ今日のところはいっしょに連れてこい」

「おーい、出発するぞ」

副班長が号礼をかけると、金を最後尾にして一列縦隊をつくった。

どうやら下に見えるのは、K町の村々らしかった。そこには、保の腰あたりまである石仏が二体ならんでいて、そのまえにはちょっとした広場があった。N山の頂上から縦走してきた保たちの一隊は、ひとまずここで腰を落ち着けた。六年生の二人は熟知していたが、保たちにとってN山を越えたのははじめてだった。

陽は昇り、霧はもうすっかりはれていた。

保が差しだした水筒を素直に受け取って、金がうまそうにラッパ呑みをした。ひと息つくと、保たちはまた思いだしたくもない試合を、ふり返っては悔やむのだった。どうして触れたくもないことに、保たちは寄り合うとついつい触れてしまうのか、保たちは自分でもよくわからなかった。そして四人は決って「再戦を申し込む」ことで完全な意見一致をみるのだった。

保たち四人は何となく仲がよかった。野球が好きで、このボーイスカウトにも四人が集まったこともあるが、圧倒的に農家の多い学校のなかで、保も、正次も、健一も、秀夫もそうでないことが大きく結びつけているといえた。だからおのずといっしょになる機会も多く、特に保と正次は新聞配達もしていてウマが合った。

六年生の二人が何やらさっきから、しきりに相談していた。

「後から追いつく」といっていたという隊長が遅れていた。肉屋をやっている隊長は、きっと出産を一ヵ月後にひかえた奥さんに代わってもらうことができずに、開店準備を整えてから駈けつけてくるのだろう。しかしまだ今きた道筋に、その気配はなかった。

保たちにコースの予定は知らされていなかった。でもこのまま先をいけば、N山に戻ることはおそらくなく、どこかの町に下りたつのだろう。

金が家で飼っているというブタの習性について話していた。頭をなでながら屈託なく話していた。皆がその知識の豊富さに感心していた。これがあの授業中ろくにものもいえず吃ってしまう金なのだろうか……皆は目を見張らずにはいられなかった。金の滑らかな話しぶりそのままに今、彼らの間に澱みがなかった。

これが金ではなく、張や李だったら、あるいは今回の同行を皆は拒んだだろう。そういう意味でも金個人は、保たちにとってもっとも距離の近い朝鮮人であった。さらにもっといえば金は金ではなく、保たちにとっては「キンカン」であった。班長を「クマ」と呼ぶのと変わらなかった。

ここまでくる道すがら、保は橋の上でのいきさつを皆に話した。

金は、「保たちと同じことがしたいのだ」と、いったのだ。

だからボーイスカウトもいっしょにやりたいといった。金のいつになく真剣なまなざしが、保の顔の中心をとらえる。保はいった。

「キンカンよ……ボーイスカウトといったって、街頭募金や廃品回収、もっともその集めた金が結局どこへいくのか、きちんと教えられたことはないけどな、それに駅舎の清掃といった奉仕活動、ハイキングやキャンプの野外活動、それにときにはなキンカン、自衛隊基地での一日入隊という訓練もあったりするんやぞ、キンカン……思ったよりおもしろくないんだよな……おれなんか第一、ボーイスカウトのスタイルといった、つまりは格好のよさだけで入ったようなものなんや」

それでもかまわぬと、金はいった。

ともかくも保たちがするようなことをしたいのだと、金は訴えてきかなかった。

皆は、正次も健一も秀夫もよく呑みこめぬといった保同様の顔をして、保の話を聞いていた。

「おーい、皆近くに集まれ」

打ち合わせがすんだらしい班長が、指を大きくひとつ鳴らしていった。隊長はまだ追いついてきそうでなかった。

「これ以上待っていても何やし、我々だけでさらに先へいくことにする。心配すんな、おれたちがもう何度も通ったコースだ。さてそこでや、ただ歩くだけではおもしろくないから、ここからゲームをしていくことにする」

副班長がその先をひきとって、ゲームの説明をはじめる。

いくつかのサイシや暗号が取り決められた。矢印のサインだけでも、岩にチョークで書かれた矢印、木枝を折ってつくられた矢印、小石でならべられた矢印等々があった。それらを班長と副班長が、先へ先へと記していくのだ。その後を保たちが一人ずつ出発時間をずらして、印に従っていく。

副班長がゆっくり皆の顔をいちべつした。

未知の山ゆえに、単独となると心細くもあったが、何よりも保たちの冒険心をくすぐった。

健一、正次、秀夫、保、金の出発順に決った。

この石仏のある頂きから順次出発していった。尾根伝いに小さな谷を下り、次の頂きで「出発ＯＫ」の手を振って、後発の者に合図を送るのだ。

「じゃあキンカン、先にいくぞ」

秀夫の合図を見とどけると、保は急いで歩きだした。

どのへんからか、サインは尾根をたどらなくなっていた。もうどこをどう歩いているのか、さっぱりわからなかった。ときおりのぞいてみる下界は、まだK町のようであり、その先のU町のようでもあった。

緊張を強いながら歩かねばならなかった。サインだけがたよりの道順に、うっかり見落とすようなことにでもなれば、おそらくこの山中にひとり迷ってしまうだろう。そうでなくとも見つけにくいサインがあった。なかにはふざけた暗号があったり、→③の指示どおり、3メートル矢印の方向にいって石の下の伝文を見ると、〈ここで小便をせよ〉というのもあったりした。

静かだった。秋が深まっていた。あたりが静かすぎると、よけいに不安感が募ってきた。前をいく秀夫の足音も、後ろから追ってきているだろう金の物音も、何も聞えなかった。自らが踏みしめる枯葉の音だけが聞えた。このゲームは、一種の胆だめしに似ていなくもなかった。

もうどのくらい歩いたのだろう。かなりの距離を歩いたような気がする。道はますます細く、まわりの木々が挑むように押し寄せてきた。

今までになかった険しい坂をのぼりきると、やっとそこで皆の顔が見えた。そこから平坦になった道のすこし先に、皆が声をたてぬよう人差し指を唇に押しあてて立っていた。健一が、正次が、秀夫が安堵感と充実感をいっしょくたにして、眼で笑っていた。

四人がおたがいの道中の不安感を揶揄するように、声をださずに笑いあった。残るは、金ひとりだった。

「急ごう」班長が低い声で、保たちを促した。

えっ、金は？　金もここで待つのではないのか……そのときはじめて保たちは、班長たちから事の計画を聞かされた。

「何、大したことはないよ。ほんのちょっとしたいたずらよ。ほんのちょっと、チョーセンをおどろかしてやるだけ。ほんのちょっと」

下方で金の姿が見え隠れしていた。金はすでに坂にさしかかっていた。保たちは急き立てられるようにして、その窪みの脇を降りた。

その窪みの上には、仕掛けた罠が残っていた。小石でつくられた矢印が道をそれて、高い茂みのなかに向っていた。たしかに一筋、草木が倒されていて、見ようによっては前者が通過したような、あたかもそれらしく見えた。

そこを、ほんの十歩ばかり突き進めば、下は窪みだった。

保たちが息を殺して見守るなかを、金がやってきた。金が疑いもなくその上までやってきた。あと一歩か、二歩で……保はそのとき何故か、チラッと金がこちらを見たような気がした。

金の悲しそうな微笑が胸を締めつけた。

「アッ！」

……皆の短い叫び声が、あたりの深閑を裂いてこだました。鈍い肉の音が、保たちの足もとでした。

保たちが震えつづけていた。意外な事態の重大さに、六年生がまっ青な顔を見合せておろおろしていた。保が、正次が、健一が、秀夫が狂ったように泣き叫んだ。

金はぐったりとうなだれて、動かなかった。……頭の上で、「おい、どうしたんだ！」と叫ぶ隊長の鋭い声がした。

＊　＊　＊

馬車曳きのパクさんがぬかるみに車輪をとられて困っていた。休刊日とも知らず吹雪のなかで新聞を待っていた。李のあばら家があり、この道を通ると、いやがうえにも楡の大木が目についた。

あのとき、隊長の手配で駈けつけてきた母親が「キムサンホ」と号泣した病院の一室。保たちに向けた憎しみに満ちた眼。金の右足は一生治らないと宣告して消えた手術中の表示灯。はじめて彼の、朝鮮の呼び名を知った夜。仕返しに燃えた金の多勢の兄弟たち。

あのとき金は、手前の窪みに落ちるはずであった。しかし幼稚な罠は、金の体をその先の窪み、それはもう崖といえた地点まではこんでしまった。

朝鮮人たちがぞくぞくと、奇声を発してやってきたのだと聞かされた頃。金は、何もいいはしなかった。保たちに質したりはしなかった。金は、だれにも何ひとつ語りはしなかった。問われれば、「自らの不注意」だと親や同胞たちにこたえた。

そして病院に通いつめた日々。親たちの脅しや忠告をふりきって、金の枕元に集まった保、正次、健一、秀夫。四人の胸に去来するものは、金を裏切ったのだという悔恨の念。金の親愛に対する責苦。左手でくるりと一回転、それでも頭をなでて片えくぼをつくったベッドの上の金……。

今この道を、産業道路といった。

舗装された道路には、自動車がひっきりなしに行き交い、道路沿いの工場から出入りするトラックがけたたましいクラクションを鳴らして、流れる群に割りこんでいった。その横を競うように疾走していった快速電車の、スパークした架線の青白い残像が揺れて焼きついていた。

区画整理の行きとどいた田んぼのなかでは、エンジンをひびかせた稲刈り機が、見事に稲をなぎ倒して脱穀していった。混在する新興住宅のどのベランダにも鉢植えがあり、洗濯物がずらりと連らなってなびいていた。陸橋の先にはスーパーが見え、各商店が建ちならび、威勢のよい幟や看板をたてたガソリンスタンドが、短い間隔で客を呼びこんでいた。道路の両側には、一定の距離をおいて「死に急ぐな長い直線道路」と書かれた標識が、電柱にけばけばしい血色の文字で躍っていた。Q町は今、衛星都市としてもすっかり変貌を遂げていた。

もう二十数年になるな、と保は思った。あれから後しばらくして、保は母親の再婚で転校した。Q町は金の笑顔に重なり、思い出したくない町になっていた。しかしたまたま出張の途中になったこの町に、保は矢も楯もたまらずに降り立ってしまった。

小学校の校舎は三階建てにかわり、N山のふもとはありきたりな公園になっていた。縁をコンクリートで固められたT川の水は濁り、所々に詰まった雑多なゴミは異臭さえ放っていた。そして橋の上からはもう、あの楡の大木は消えて見えなくなっていた。

それでも懐かしいひとつひとつに見憶えがあった。

保は次の電車までの短い時間を歩いた。

保は不思議に、正次たちに会いたいと思わなかった。保は、あのときと、また思った。

金は知っていたのではないだろうか。金は罠だと知って落ちたのではないだろうか。……あの瞬間、金がチラッとこちらを見たと思ったのは何だったのだろうか……その一点を、今までずっと考えつづけていた自分に、保はあらためて気づいた。

外見だけは新しくなっていたが、駅舎のなかは昔のままだった。荷物受け渡し口で、保の後を引き継ぐという秀夫といっしょに、夕刊の荷の到着を待っていたその日、家族たちらしい数人のなかに、チマチョゴリを着た彼女を見たのが、高成花との最後だった。そして彼女は祖国へ帰るのだと後日担任教師から聞かされたきり、保は引越してしまった。

改札口を出ると、保はもう一度ふり返った。

高成花の姿を、そのときふと、きれいだとつぶやいたのを、保は今でもあざやかに覚えている。

むかし朝鮮人街道といった。

しかしその名の由来は、〈秀吉の朝鮮侵略を反省した徳川家康が、朝鮮との友好親善のため招いた朝鮮使節の一行が通った道〉というのがほんとうであった。

電車がゆっくり加速していった。

その道を、悲しそうな微笑をうかべた金が、右足をひきずりながら歩いていた。車窓の向うを、大人になった金が歩いているような、保はそんな気がした。


〈了〉

『一粒の涙』の人間苦

倉橋健一

早野貢司さんは懐かしい私の若い友人である。といっても彼ももう六十九歳であるから、いくらなんでも辻褄があわないと思われる方があるかも知れない。

だが前世紀60年代から70年代にかけて、大阪には「大阪文学々校」という大きな寺子屋方式の文学練習所（今も続いている）があって、詩人の小野十三郎を中心に、在阪のさまざまな傾向の作家や詩人たちが何らかのかたちでつながる一方で、受講生も二十代を主力に各人各様の思いのうちにあつまって、ひとつのコムニューンを形成して、議論のかたはら飲んだり騒いだり、そのうちに当時の全共闘まがいの文闘委までができるほど、奇妙な蜜月を築いた。なかでも金時鐘さんと松原新一さんと私の三人は、いつのまにか不良中年三人組として、さすらいの時間を受講生の皆んなと過ごした。

早野貢司さんは、この熱気の時代の最後にこの学校に在籍したひとりで、おかげでこの本では「私の師匠」として松原新一さんが語られ、正子さんとの出会いを語る「二人の出会い」の章では、私などもありのまま登場することになった。文学々校といっても集合体である以上、人それぞれに温度差があるのは当然、この早野さんのばあいはその出会いの濃度に関しても（今から振り返っても）、ユニークできわだった劇的要素を妊み持った人物で、そこで半世紀近くを経た今この時点で、懐かしい若い友人といってしまいたい気になったのである。というのも、今は哀しみの涙となった正子夫人と彼の出会いも、この文学々校あったればこそということにもなるからである。

本のなかでは、私の教室に正子さんがいて、早野さんは週に一度授業料を払っていないのに教室に来て、講義が終わったら飲み屋に直行していたとあるのは、正確には彼が二期前の先輩だったからだ。

今、文学々校の「30年略年表」を見ていると、一九七二年夜間部の39期卒業生名簿のなかに早野貢司が出てくる。二十四歳だった。文中、「倉橋さんが結婚して出ていく部屋を僕が借りることになり」とあるのは、翌年四月のこと。白樺荘という大阪JR京都線千里丘駅近くにあった木造の古いアパートの一室で、一月半いっしょに住んだとあるのは、私が引越して雑本類（本箱二つ）に家具類も置いていくので誰か後に住むものはないかと文学々校でいったところ、「僕が住む」と早野さんが手をあげ、なんのことはない私がまだ住んでいるところに飛び込んで来たからでとんだ同棲となった。共同便所で換気扇もない、煙草で壁も襖もにごった部屋だったが、よく人が出入りして、この時点では彼はあとここに住んで恋人を見つけるといっていたが、事実そのとおりになり、しかし結婚すると打ち明けられるまで、まったく私も松原さんも知らなかった。文学々校の喧騒のなかで、どうやら二人は、ひっそりとたいせつに自分たちの恋を育てていたようである。

ともあれ、それからは、すべて文中にあるとおりである。正子さんは結婚後もずっと教員生活を続けたが、早野さんも家庭用教材の編集を手がけるなど、私がはじめ思った不器用ぶりとは比較にならない着実ぶりに、おまけに無類の人なつっこさがさいわいして仕合わせな家庭を築きあげていった。

そして、37歳に達した一九八五年秋、この本の掉尾に収録した『朝鮮人街道』で第61回「文學界」新人賞を受賞した。戦争が終わってまだ余燼のくすぶっていた時代、琵琶湖東岸のふるびた田舎町を舞台にくり広げられた在日朝鮮人の少年たちと日本の子どもたちとの、差別に偏見、いじめが渦巻くなかでの交流を描いたもので、主題の重さにもかかわらず、彼が敬愛する椎名麟三の作品世界の人物に似た、牧歌的なまでのほのぼのとした哀感《ペーソス》に溢れた作品であった。この頃はたがいの忙しさにもまみれてふだんの交流は薄くなっていたが、在りし日からの彼の人柄をよく知る私にとっては、そのまま人柄が滲んでくるようで、あらためて日頃の切磋琢磨が思われた。

ところが不幸はそこからはじまった。授賞式のわずか二時間前に脳梗塞に倒れ、意識不明のまま病院に運ばれ、右手右足不随、失語症という障害を残したまま、以来ずっとリハビリのための日々に追われることになったからである。この恢復をめざす困難の日々についてては、一九九一年に刊行した『言葉が消えた／失語症と闘う新人作家の手記』（風媒社）にくわしく、この本のまえがきでも実弟の文男さんによって語られているので、これ以上の私の言及ははぶく。

だが、このときから幼い二児と病者の夫を抱えて、夫と共に闘病の矢おもてに立っていったのが妻の正子さんであった。その気丈な杖とも柱とも頼む人に、昨年四月癌によって先立たれてしまう。これはもう不運といってみるしかない。ヨブでなくて私であっても天を深く恨むであろう。

今回のこの一冊は、いまだに言語生活が復活しないままに、早野さんがけんめいに書き綴った、わずかの闘病の日々を軸に光陰矢のごとく過ぎ去った蜜月の日々を回想した、彼にとって二冊目の生活ドキュメントである。同時に失語症と闘う新人賞作家の二冊目の著書である。彼は正子さんを「オカアサン」と呼んだ。そして文中、そのオカアサンという呼びかけがくり返される。だがその正子さんは母としてはちゃんと子どもたちを育てあげてから逝ったことを早野貢司さんは忘れないでほしい。
そして、最後に、赤ちゃんの君が残された。私は二冊の生活ドキュメントを、哀しい人間苦の物語として心の深いところで受けとめたいが、この二冊がほんとうに人間苦の物語としてあるためには、これからの君の人生のまっとうのしかたにこそかかっているとも、ひと言告げておきたい。もっともこれは私の自戒としてもある。どうしようもないわたしだからこそ、今こうして〈私たち〉は在る。

二〇一七年　熱月《テルミドール》

プロフィール

早野 貢司（はやの　こうじ）

1948年滋賀県生まれ。
22歳の時から小説を書き始め、同人・個人誌『河骨』、『屋根』に作品を発表。応募作『朝鮮人街道』で第61回『文學界』新人賞を受賞。1985年11月、新人賞授賞式の直前脳卒中で倒れ、失語症、右半身不随となる。

一粒の涙

二〇一七年八月十五日発行

著　者　早野貢司　述
発行者　松村信人
発行所　澪　標《みおつくし》
大阪市中央区内平野町二―三―十一―二〇三
TEL　〇六―六九四四―〇八六九
FAX　〇六―六九四四―〇六〇〇
振替　〇〇九七〇―三―七二五〇六
印刷製本・株式会社ジオン
DTP　はあどわあく